山东省一流学科山东师范大学文学院
中国语言文学学科建设经费资助

海明威与现代性的悖论

于冬云／著

齊魯書社

图书在版编目（CIP）数据

海明威与现代性的悖论 / 于冬云著. -- 济南：齐鲁书社，2019.6
ISBN 978-7-5333-4131-2

Ⅰ. ①海… Ⅱ. ①于… Ⅲ. ①海明威（Hemingway，Ernest 1899-1961）- 文学研究 Ⅳ. ①I712.065

中国版本图书馆 CIP 数据核字(2019)第 121312 号

海明威与现代性的悖论
HAIMINGWEI YU XIANDAIXING DE BEILUN
于冬云　著

主管单位	山东出版传媒股份有限公司
出版发行	齊鲁書社
社　　址	济南市英雄山路 189 号
邮　　编	250002
网　　址	www.qlss.com.cn
电子邮箱	qilupress@126.com
营销中心	（0531）82098521　82098519
印　　刷	山东金坐标印务有限公司
开　　本	880mm×1230mm　1/32
印　　张	6
字　　数	140 千
版　　次	2019 年 6 月第 1 版
印　　次	2019 年 6 月第 1 次印刷
标准书号	ISBN 978-7-5333-4131-2
定　　价	23.00 元

目　录

绪　论

厄内斯特·海明威（Ernest Hemingway，1899—1961）的一生，历经美国19世纪末20世纪初由前工业化社会向工业化、城市化社会的转型，第二次世界大战后由工业化向后工业化的过渡。在这一历史进程中，海明威亲历的、对美国文化和海明威的创作都产生了重要影响的事件有：第一次世界大战、禁酒运动、20世纪20年代美国的爵士文化与美国艺术青年的欧洲流放生活、1929年开始的经济大萧条、1936年爆发的西班牙内战、1939年爆发的第二次世界大战、第二次世界大战后美国经济的空前繁荣和世界霸主地位的确立、20世纪50年代资本主义与共产主义两大阵营的冷战对峙、麦卡锡运动、朝鲜战争、古巴革命等。上述历史事件对20世纪上半叶美国的意识形态、文化构成都产生了重大影响。海明威的文学创作生涯始于20世纪20年代，终于20世纪50年代。上述历史事件引发的美国社会的意识形态、文化构成的内部变化与冲突，也投射在海明威的自我建构、文学书写及公众对海明威文本的接受态度中。

长期以来，读者对海明威的接受和评价呈现两种不同的倾向。

第一种代表了精英文化的价值取向，第二种代表了日常生活实践中的大众文化价值取向。在精英文化的接受视域中，海明威是 20 世纪美国文学史上伟大的小说家之一，普利策奖和诺贝尔文学奖的获得者。他对精英文化的突出贡献可概括为：其一，创造了一种独树一帜的现代散文叙事艺术，包括简洁、干净的文体，凝练、含蓄的冰山原则；其二，塑造了一批打不败的硬汉形象，表达了一种身处重压下仍不失优雅的人性尊严，以及人敢于和不可知的自然力拼搏的英雄主义精神。如同他的杰作《老人与海》中的老渔夫桑提亚哥所说的："一个人可以被毁灭，但不能给打败。"① 对海明威的精英文学成就的褒奖集中体现在瑞典文学院对其作品的《授奖辞》中。但是，也有很多批评家站在文化精英的立场，对海明威的文学创作和个人生活中表现出来的一些与文化精英的理想主义价值观、审美标准不符的因素给予了批评。例如，瑞典文学院在对其作品的《授奖辞》中就指出："海明威早期的作品流露了某些粗俗野蛮的、玩世不恭的、冷硬麻木的缺憾。可以说，这与诺贝尔奖对一部理想作品的要求是不吻合的。"② 海明威在文本之外表现出来的争强好胜、自我膨胀、酗酒等个人习性也遭到了批评家的质疑，认为这些不能登大雅之堂的个人品质减损了其艺术成就。但不管怎么说，海明威风格独特的文学文本一直是高等院校、图书馆研究、民间收藏的文学经典。尤其是他的《老人与海》，更是被包括我国在内的许多国家收入中学语文教材。

① ［美］海明威著，吴劳译：《春潮·老人与海》，上海译文出版社 2000 年版，第 204 页。

② ［美］海明威著，董衡巽等译：《老人与海》，漓江出版社 1987 年版，第 359 页。

在大众文化的接受视域中，海明威是美国大众崇拜的文化英雄。在美国大众的心中，海明威人如其书，是个勇敢的战士、优秀的猎人、钓鱼高手、拳击英雄、豪饮男儿、斗牛爱好者、文学冠军。他和他的小说人物一样，游走在不同的文化空间，并在不同的竞技场上以不同的技艺，打造出了阳刚魅力十足的个人神话。在开疆拓土的边疆生活已远去的工业文明时代，海明威及其男主人公在与现代都市文明疏离的边缘异域空间展示不同技艺的个人神话，满足了美国大众失落在现代都市中的怀旧情感。在海明威过度张扬的男性气概中，美国大众抵制工业文明所带来的标准化、组织化操控，实现个体自由和感性解放的需求得到了象征性满足。甚至包括海明威遭到社会精英非议的个人生活习性，也成为大众崇尚的个性化消费姿态。对于美国大众来说，海明威是一个将丰富多样的生活体验尽收其中的文化资料库，在不同的文化时尚中，他们依照自己日常生活实践中的情感需求和审美需求，将不同层面的海明威神话内容整合到自己的日常文化消费实践活动中，并不断地模仿、复制、拼贴出更富有时代特色、更丰富多样的海明威神话文本。不可忽视的是，大众传媒、商业经营者都在大众文化层面的海明威神话的传播、复制过程中扮演了重要角色。比较流行的海明威大众文化文本包括：根据海明威的文学文本改编的电影，各种捕风捉影的海明威传奇故事，旅游公司、酒店、餐饮业制作的与海明威有关的广告，海明威迷们发起的海明威模仿秀等。这一切不断地强化着海明威在大众文化中的偶像魅力。

笔者认为，在对海明威的接受过程中，之所以会形成上述两种不同的倾向，其根本原因就在于海明威本人所具有的两面性。海明威本人的两面性赋予其文学文本以思想的、审美的内部张力。仔细阅读、挖掘海明威文本构成中相互矛盾、相互冲突的诸多因素，就会发现，其文学文本的张力，与20世纪上半叶美国社会的政治、经济、文化、艺术构成中的内部张力是同源的。其中，前现代与现代、清教伦理与消费伦理、高雅文化与商业文化（或精英文化与大众文化）、白人文化与多元文化、主流与边缘、个人自由与身份焦虑、男性与女性的性别角色重构等诸多既对立又融合的因素构成了美国社会现代化过程中的现代性（modernity）悖论。在此意义上，笔者试图将海明威及其文学文本置于美国社会现代化历史进程中诸多充满张力的现代性情境中，避免陷于将海明威二分为精英的或大众的割裂式批评局限，挖掘海明威本人的两面性、其文学文本的内部张力与美国文化的内部张力之间的互动关系，以多元开放的批评立场，从不同角度、不同层次，趋近、理解那个既是精英的又是大众的公众人物海明威，既是伟大的又是普通的个体海明威。

在探讨海明威与现代性的关联之前，有必要对现代性的含义做一个大致的了解。众所周知，在当代学界，“现代性”是一个被不同的学者在不同的学术语境中频繁提及、探讨的概念，同时又是一个具有歧义的概念。如何定义现代性？法国著名学者伊夫·瓦岱在对文学与现代性的关系做了多年研究后指出：“含义最丰富的概念往往也是最不容易定义的概念。这些概念的使用范围涉及不同的领域，它们在不同情境中所表达的意思是不同的，有时甚至是相互矛盾的。法文中的‘现代性’这个词就属于这种情况。”① 从20世纪70年代就开始致力于现代性问题研究的美国学者马泰·卡林内斯

---

① ［法］伊夫·瓦岱著，田庆生译：《文学与现代性》，北京大学出版社2001年版，第11页。

库也认为，现代性是个看起来简单却又无比令人困惑的问题。因此，尽管现代性是一个在当代学界出镜率极高的概念，但是，在不同的学科领域、不同的学术语境、不同的个体表述中，现代性拥有不同的意义面孔。像时间的现代性、反现代化的现代性、文化的现代性、审美的现代性、流动的现代性、未完成的现代性、资本主义的现代性、社会主义的现代性，再加上现代性与前现代性、后现代性的纠缠，现代性与全球化、民族性问题的融合冲突，使现代性的意义内涵更是变得纷纭复杂，难以界定。面对现代性内涵的错综复杂性，要想对现代性问题做出一个明晰、确切的认知描绘是十分困难的。对此，笔者并不抱任何虚妄的设想。下面，笔者将参照西方学界已有的现代性理论表述，对作为历史分期的现代性、社会学范畴的现代性、现代艺术范畴的审美现代性做一个简要的介绍。

作为一个历史分期的概念，现代性标示的是一种断裂，或者是一个历史时期的当前性或现在性。它既是一个可以划分时段的时间范畴，又是一个与过去相联系的新旧转换的结果。罗伯特·尧斯在论及“文学传统和当今意识中的‘现代性’”时指出，我们的“现代性”，在1075年表示“当代时期”的意思，它被视为介于已经消亡的“旧时代”与人们期盼到来的“革新时代”之间的时代。[1] 在此意义上，时间总是绵延不断的，作为历史时段划分的现代性，就像哈贝马斯所说的，它“总是用不断变化着的内涵，一次又一次地表达着一种新时代的意识，而这种新的时代意识为了将自身看作是

① ［法］伊夫·瓦岱著，田庆生译：《文学与现代性》，北京大学出版社2001年版，第19页。

新旧转换的结果，又总是将自己与过去了的旧时代意识联系在一起”①。

社会学范畴的现代性总是与资本主义的现代化过程联系在一起。具体来说，现代性涉及政治的、经济的、社会的、文化的现代化四个方面在现代化过程中的复杂互动关系。在政治的现代化过程中，现代公民权利的确立和合法化是其现代性评价指标；经济的现代化是以工业化的胜利、市场经济的形成为标志的；社会的现代化意味着，一方面传统的等级秩序、价值观念瓦解，宗教衰微，与此同时，新的市民社会、世俗道德建立起来；文化的现代化过程则始终伴随着一种反现代化的现代性冲突，并由此引发了现代性的矛盾和危机。美国的新保守主义代表人物贝尔就将诸如享乐主义、社会认同匮乏、缺乏服从、自恋、从争取社会地位和成就的竞争中退出、社会的均质化等问题，都归咎于文化的现代化。法兰克福学派的霍克海默和阿多诺在《启蒙辩证法》中也对资本主义的现代性持批判态度。

现代艺术范畴的审美现代性是由法国诗人波德莱尔率先提出的。他在《现代生活的画家》中使用了现代性一词。他写道：

> 他在寻找某种我们可以称之为“现代性”的东西；因为，没有更好的词可以表达这种思想。对他来说，这就是从时尚中抽出它在历史发展的意义上所包含的富有诗意的东西，从短暂易失的事物中提取出永恒持久的东西……现代性，就是那种短暂的、易失的、偶然的东西，是艺术的一半，它的另一半内容是永恒的、不变

① Jurgen Habermas, “Modernity Versus Postmodernity”, From *A Postmordern Reader*, Edited by Joseph P. Natoli, Linda. Hatcheon, State University of New York Press, 1993, p. 91.

的。……这种短暂的、易失的、变幻无常的东西，你们没有权利蔑视它或者抛弃它。①

波德莱尔的现代性界定将现代生活与现代艺术放在一起来思考。一方面，审美的现代性是在具有现时性、短暂易失的瞬间性、变幻无常的现在中来把握的。它不能从过去的大师那里学到或模仿到，只能依靠艺术家本人敏锐的感受力、对新奇事物的好奇心来捕捉。另一方面，由于审美现代性是建立在纯粹的现时性和瞬间即逝性上的，因此，艺术家必须放弃任何为未来的艺术家提供可供模仿的艺术范本的企图。在此意义上，任何艺术活动都意味着一场没有传统连续性的、孤独的冒险，面对着瞬时与永恒的时间悖论。波德莱尔之后，审美现代性的内涵在各种各样的先锋派运动中得以扩展开来。哈贝马斯将先锋派艺术中表现出来的审美现代性概括为：

现代性的基本特征表现为这样一种态度，即在变换的时间意识中找到一个共同的焦点。这种时间意识通过前卫和先锋这一类的隐喻来表达自己。先锋派将自身理解为不断地侵入未知领域，总是让自己去面对突然降临的或者是令人震撼的遭遇中的危险，去占领尚未被人占有的未来。先锋派必须在未来的前景中为自己确立一个探索方向，以便进入一个似乎还无人冒险涉猎过的世界。

但是，这些前卫的探索行为，这种对不明晰的未来的预测，对新奇事物的顶礼膜拜，实际上都意味着对现在的拔高。由于某些历史的激进行为，导致历史的记忆终被现时的英雄的吸引力所取代——这是一种时代感觉，在其中，颓废直接与野蛮、疯狂、原始相认同。由

① ［法］波德莱尔：《现代生活的画家》，见伊夫·瓦岱著，田庆生译《文学与现代性》，北京大学出版社 2001 年版，第 21 ~ 22 页。

> 此，我们观察到一种摧毁历史连续性的无政府主义企图，我们也可以以这种新的审美意识所拥有的颠覆性力量为依据，对此做出说明。现代性厌恶传统的所有标准化职能；与此同时，现代性依赖的是不断地反叛所有标准化事物的经验。这一反叛是将道德和实用的标准相中和的一条途径。这种叛逆的审美意识在秘而不宣与众所周知的丑闻之间连续地上演着一出辨正的戏剧；它沉溺于那种由亵渎行为而产生的令人惊骇的魔力中，却又总是逃避微不足道的亵渎行为的后果。①

哈贝马斯还指出，在先锋派摧毁历史连续性、反叛传统的行为背后，贯穿着一种历史相对论的态度。先锋派表达的不只是一种柏格森哲学意义上的绵延流动的时间意识，以及日常生活感受的变幻不定，还包括一种对一个纯粹的、完美又可靠的现在的渴望。而在这种渴望中，包含了一种把自己看作是新的权威的企图。正是在此意义上，19 世纪末 20 世纪初，那些追求试验创新的现代艺术家身上，都不同程度地凝结着一种英雄主义气息。与海明威一道自我流放到巴黎去追求艺术拯救的美国艺术青年身上，也带着这样一种英雄主义气息。

卡林内斯库在《现代性，现代主义，现代化——现代主题的变奏曲》一文中指出：

> 人们不应只谈论一种现代性，一种现代化方式或模式，一个统一的现代性概念——它内在地是普遍主义的，并预设独立于时间与地理坐标的普遍一致标准。如果现代性确实是创造性的——无论是作为经济上的发展，还是处于可能性范围的另一端，作为知识与见

---

① Jurgen Habermas, "Modernity Versus Postmodernity", From *A Postmordern Reader*, Edited by Joseph P. Natoli, Linda. Hatcheon, State University of New York Press, 1993, pp. 92 ~ 93.

解通过不可预言的发现获得增长——那它就只能是多元的、局部的和非模仿性的。①

从上述不同的现代性理论话语来看，现代性拥有多副面孔。在不同的历史情境、不同的学科领域和逻辑范畴中，现代性呈现出不同的面孔。鉴于此，笔者无意于介入有关现代性是什么的探讨。本文的主旨是，将海明威及其文本置于不同的历史情境、复杂的社会政治、经济、文化、艺术的现代性冲突中，对海明威本人的两面性、其文学文本的多义性、对海明威接受的精英性和大众性倾向进行多视角、多层次地挖掘、阐释。

① ［美］马泰·卡林内斯库著，顾爱彬、李瑞华译：《现代性的五副面孔》，商务印书馆2002年版，第360~361页。

第一章

20 世纪 20 年代美国的商业消费文化与现代性的悖论

对消费文化的理论研究是在 20 世纪 60 年代发展完善起来的，但作为一种社会生活现象，消费享乐的价值取向在 20 世纪 20 年代的美国就已经大行其道。康马杰在《美国精神》一书中是这样说的："20 世纪 20 年代那十年是经济繁荣、讲究物质享受和玩世不恭之风盛行的十年。"① 文化史上更是把这个时期称作"爵士时代"。海明威的成名作《太阳照常升起》（1926）就是在这个时期问世并受到美国大众欢迎的。很多评论者认为，该小说之所以受到美国大众的欢迎，是因为它反映了第一次世界大战给年轻人造成的精神创伤，以及他们在战后迷惘幻灭的生活。海明威因此被人们冠名为"迷惘的一代"的代表作家，《太阳照常升起》则是"迷惘的一代"的代表作品。但是，如果我们对文本做一番仔细地阅读，对 20 世纪 20 年代的美国社会现实与文化构成做更多层面地考察后就会发现，《太阳照常升起》与产生和接受它的 20 世纪 20 年代美国

---

① ［美］H. S. 康马杰著，杨静予等译：《美国精神》，光明日报出版社 1988 年版，第 634 页。

文化之间的关系，远非是战后幻灭情绪这一简单的逻辑关联所能涵盖的。笔者认为，作为海明威的第一部获得文学评论界好评的长篇小说，《太阳照常升起》与20世纪20年代美国的文化构成、现代文学艺术之间的关系体现为：其一，该小说反映了20世纪20年代美国社会生活实践中的消费文化；其二，该小说揭示了美国社会向工业化、城市化的现代消费社会转型过程中消费享乐的价值取向与传统的清教文化观念之间的现代性价值悖论，以及这种价值悖论所导致的年轻一代在寻求社会认同时的身份焦虑；其三，该小说透视出海明威的现代艺术话语建构的双重性与审美的现代性。下面，笔者将从上述三个层面解读《太阳照常升起》，挖掘其外显和隐藏的多层次的文学的、文化的、审美的意蕴。

一、《太阳照常升起》与20世纪20年代的消费文化

很多美国文学研究者把海明威及“迷惘的一代”作家在第一次世界大战中的经历与他们战后的文学创作实践相联系。他们认为，“迷惘的一代”青年是战争的受害者，帝国主义战争摧毁了他们信奉的传统价值观，他们对战后的现实感到失望，失去了生活的目标，陷入迷惘幻灭的生存状态。毋庸置疑，第一次世界大战给所有的参战青年带来了不同程度的心理阴影，但他们在欧洲战场上的“收获”并非仅仅限于创伤。很多像海明威一样战后成为作家的美国青年被编在救护车队中。海明威本人常抱怨他离战斗太远。等到有机会看到敌军阵地的战壕中分发巧克力时，他就光荣地负伤了。接下来，海明威在米兰的医院里开始了他的爱情。马尔科姆·考利在《流放者的归来》一书中说，战争“为一代作家提供了大学补

习课程”。“这些课程把我们带到一个外国，对我们中的大多数人来说，这是第一次见到的外国；这些课程教我们谈恋爱，用外国语言结结巴巴地谈恋爱。这些课程供给我们吃住，费用由一个与我们毫无干系的政府负担。这些课程使我们变得比以前更不负责任，因为生活不成问题；我们极少有选择的余地；我们可以不必为将来担忧，而觉得将来肯定会给我们带来新的奇遇。这些课程教给我们的是勇敢、浪费、宿命论，这些都是军人的美德；这些课程教我们把节约、谨慎、冷静等老百姓的美德看成是恶习；这些课程使我们害怕烦闷胜过害怕死亡。所有这些课程在军队的任何部门都可以学到。”①

从考利的叙述来看，未来的年轻作家们在欧洲学会了一种追求现时的刺激、满足、快乐的新“美德”。这种新的生活美德正是战后美国的工商业发展所需要的消费道德。第一次世界大战结束后，从欧洲归来的美国年轻知识分子回首观望自己的祖国时，发现她不但没有直接遭受战争之害，反倒获利于战争工业，一跃成为世界经济格局中的第一强国，并因其快速膨胀的国力和商业成功而洋洋自得。工商业经济的飞速发展，使得商品的大众化成为可能。广告商在尊重吃苦耐劳传统美德的同时，也在以越来越丰富的传播媒介向大众推销越来越丰富的消费用品，尽其所能地将大众培养成为消费者。他们将商品说成是“好日子”的象征，把汽车、家用电器、名目繁多的生活用品、旅游与新的生活方式和社会成功、地位联系起来，使人们感到若不购买汽车、电器等商品，不去旅

① ［美］马尔科姆·考利著，张承谟译：《流放者的归来——二十年代的文学流浪生涯》，上海外语教育出版社 1996 年版，第 33 页。

游一次，生活就没有长进。分期付款的消费方式也在鼓励着人们去花钱消费。总之，各种行业的企业法人想方设法地把讲究消费享乐的风气扩散到人们的日常生活实践中去。在此意义上，断言第一次世界大战后美国大众中普遍存在着一种悲观迷惘情绪，似乎与20世纪20年代的消费享乐气氛不符。

20世纪20年代的商业消费风尚导致包括文学艺术在内的美国文化也染上了商业化色彩。尽管参战作家在欧洲培养起了与消费时尚相合的消费道德，但他们鄙视庸俗的、没有灵魂的商业文化。再加上他们快乐的消费自由总是受到清教徒父母的束缚，于是，他们在失意和伤感中，做出了个性化反叛和艺术拯救的选择。海明威本人从战场上归来后，一度也生活在父母提供的好日子里，抽烟、喝酒、聚会、钓鱼。直到有一天，他的母亲给他写了一封信：

> 亲爱的厄内斯特，我的儿子，你如果还不醒悟过来，停止过那好吃懒做的浪荡生活，停止靠他人为生的生活，大吃大喝，赚多少吃多少，挥霍浪费；停止用所谓俊俏的脸蛋去勾引容易上当的姑娘或者你仍然对救世主上帝、耶稣基督不虔诚，不尽教职。一句话，你如果不自觉到自己已长大成人，应该有男子汉的堂堂气魄，那你将一事无成，招致自我毁灭……当你恍然大悟，有了生活的理想和目标，你将仍然看到你的母亲在等待着你，欢迎你……①

海明威的父亲也给他写了一封主题类似的信。结果是，海明威在与哈德莉结婚后，就带着自己的作家梦和妻子那每年大约有3000

① ［美］贝克著，林基海译：《迷惘者的一生——海明威传》（上），湖南文艺出版社1987年版，第125～126页。

美元的生活费，于1921年底去了巴黎。

考利对20世纪20年代美国年轻一代的巴黎流放之旅做出了解释。他说，在那个时代，知识分子普遍认为："艺术家只要离开本国，去住在巴黎、卡普里岛或法国南部，就能打碎清教主义的枷锁，就能畅饮，就能自由地生活，就能充满创造力。"① 事实上，对于20世纪20年代去巴黎寻求新生活和艺术拯救的知识分子来说，他们在巴黎首先找到的却是由祖国的经济强国地位决定的美元坚挺的兑换值。1925年，1美元可以兑换25法郎。在写作《太阳照常升起》的日子里，海明威声称，每年只需2500美元，一个人就可以在巴黎住舒适的旅馆，每周在很好的地方喝两三次咖啡，到佛罗伦萨或四季如春的海滨过冬，到瑞士避暑。以此为参照，虽然海明威在晚年写作的回忆录《不固定的圣节》中称自己贫穷，但靠着哈德莉每年3000美元的基金，他们在巴黎从不进肮脏的咖啡馆，巴黎坏天气的时候去瑞士滑雪，狂欢节期间去西班牙看斗牛。海明威在回忆录中称这段日子为"不固定的圣节"。这样一种远离清教伦理约束的休闲、消费、娱乐的生活体验，是海明威创作《太阳照常升起》的生活源泉。反映在小说中，休闲、消费、娱乐成为小说人物日常生活实践的基本内容。

消费文化渗透在《太阳照常升起》的不同结构层次中。首先，从小说的叙事场景来看，除了杰克工作的写字间，皆是咖啡馆、餐馆、酒吧、舞厅，挤满游人的火车、汽车，海滨度假休闲胜地，山间垂钓的河流，狂欢节的街道、广场和斗牛场等休闲、娱乐空间。

---

① ［美］马尔科姆·考利著，张承谟译：《流放者的归来——二十年代的文学流浪生涯》，上海外语教育出版社1996年版，第54页。

杰克带比尔到位于塞纳河中央小岛上的一家餐厅去就餐。由于有人把这个餐厅写进了美国妇女俱乐部的导游小册子，称它是塞纳河沿河码头边一家尚未被美国人光顾的古雅饭店，结果，杰克和比尔在这家挤满了美国旅游者的餐厅等了45分钟才等到一张桌子。在前往西班牙看斗牛的火车上，也挤满了来自美国的新教徒旅游者。海明威的朋友内森·阿施第一次读到《太阳照常升起》时，对海明威说，他写了一本旅游小说。著名的海明威研究专家迈克尔·雷诺兹在《太阳照常升起：一部20年代的小说》中也指出，从地理和历史文化的角度来看，读者可以把海明威的《太阳照常升起》当作参观巴黎、观看西班牙斗牛的旅游指南来读，因为该小说提供了与旅游公司的旅游手册相似的信息。[①] 细读文本，上述说法不无道理。如同乔伊斯在《尤利西斯》中详尽地描绘了1904年6月16日这一天都柏林的都市生活风貌，以至人们可以依照小说中所提供的细节还原一个真实的都柏林一样，读者也可以追随杰克的脚步，按图索骥地游览巴黎。下面的描写就证明了这一点：

> 我们在康特雷斯卡普广场上向右拐，顺着平坦、狭窄的街道走去，两侧的房子高大而古老。有些房子突向街心。另一些往后缩。我们走上铁锅路，顺着它往前走，它一直把我们带到南北笔直的圣雅克路，我们然后往南走，经过前有庭院、围着铁栅栏的瓦尔德格拉斯教堂，到达皇家港大街。
>
> ……
>
> 我们走上和皇家港大街相衔接的蒙帕纳斯大街，一直朝前走，经

---

① Michael S. Reynolds, *The Sun Also Rises: A Novel of the Twenties*, Twayne Publishers, 1988, p. 46.

过“丁香园”“拉维涅”“达穆伊”和另外那些小咖啡馆，穿过马路到了对面的“洛东达”，在灯光下经过它门前的那些桌子，来到“雅士”。①

同样，海明威对杰克一行人的西班牙之旅描写得也十分详尽。那远离都市喧嚣的寂静山谷，充满异教意味的斗牛竞技，服装绚丽的斗牛士，斗牛过程中每一个环节的引人入胜之处，质朴热烈的西班牙风情，口味独特的西班牙饭菜，这一切都是令人神往的旅游看点。伴随着《太阳照常升起》的畅销，西班牙斗牛成为美国年轻人争相购买消费的旅游文化产品。

其次，从小说人物的日常生活实践来看，是一种典型的现代都市青年的消费生活方式。20世纪20年代，老一辈中产阶级创造的财富已足以为他们的子女提供一种与丰富的消费品同在的现代好日子：饮用美酒、咖啡，享受美食，穿着个性化的服装，出入舞厅、赛马场等有闲有钱阶层组成的俱乐部，到风景名胜地区度假，去山间垂钓，赴西班牙看斗牛。来自英、美的这一群青年人，除了杰克是在巴黎工作的新闻记者外，勃莱特、科恩、迈克都是生活在娱乐闲散的状态，比尔刚出版了一本书，赚了一大笔钱，也来到欧洲休闲度假。叙述人杰克对各方面的消费知识都十分在行。他通晓各种牌子的美酒，掌握海外旅游度假的相关知识，是垂钓高手，还是欣赏斗牛艺术的内行，俨然一个海外旅游生活的专家。小说共有19章，每一个章节都有青年男女喝酒的生活场景描写，他们在一个地点喝过后，再到下一个地点继续喝。此时美国本土却在推行禁酒

---

① ［美］海明威著，赵静男译：《太阳照常升起》，上海译文出版社2000年版，第86页。

令，大众不得不伴随着违法的罪恶感、抵制的风险去体验饮酒的快感。相比之下，杰克和科恩却坐在巴黎著名的那波利咖啡馆里，悠闲地喝着开胃酒，观看黄昏时分林荫大道上散步的人群。如此自由闲散的消费生活与老一辈新教徒节俭克制的生活形成了鲜明对比，自然令人神往。在此意义上，《太阳照常升起》吸引美国大众的不仅是自由畅饮的快乐，更重要的是小说人物置身其中的消费生活方式。

小说中的女主人公勃莱特更是现代女性消费生活的榜样。勃莱特是以个性化的装扮出场的："她穿着一件针织紧身套衫和一条苏格兰粗呢裙子，头发朝后梳，像个男孩子。这种打扮是她开的头。"① 勃莱特的个性化装扮还有：戴一顶男式毡帽，在酒吧间里不穿长筒袜，大秀性感长腿。她竭力追求舒适、优雅的生活：只能品美酒，不能忍受品质低劣的白兰地；像男子一样手夹香烟，吞云吐雾；出入乘坐汽车，"只要能想法不走路，我就不走"②。海明威借助勃莱特的装扮风格和行为方式，成功地打造出一个身体自由、生活舒适、优雅的现代女性形象。在《太阳照常升起》问世后，勃莱特的发型、服装、行为方式成为年轻女性打造自我形象时效仿的个性化模型。海明威在其他小说中也写到了女性生活的时尚化。在短篇小说《士兵之家》中，克莱勃斯于1919年夏天从欧洲回到他的家乡俄克拉荷马小镇，他发现，在战前只有少数时髦女子才剪短发，但现在大多数姑娘都留着短发，而且她们生活的天地变得挺复

---

① ［美］海明威著，赵静男译：《太阳照常升起》，上海译文出版社2000年版，第24页。

② ［美］海明威著，赵静男译：《太阳照常升起》，上海译文出版社2000年版，第26页。

杂，既有已经确定的各种联合，又存在着变化不定的敌意，这使得克莱勃斯觉得自己缺乏精力和勇气闯进她们的天地。美国的广告商最先捕捉到了女性的现代生活方式的商业化价值。在20世纪20年代一则新奇大胆的香烟广告中，解放了的女性对衣着考究的男伴说："吞吐任逍遥。"① 这一类广告的催眠作用就在于它让女性相信，只要像男人一样地喷云吐雾，你就是你自己的，你的生活就可以像男人一样逍遥自在。由于女性加入了香烟消费者队伍，20世纪20年代美国香烟的消费量增加了一倍。

法国社会学家让·波德里亚认为，追求差异的个性化表达方式实则是一种消费变体。他指出："'您所梦想的身体，就是您自己的。'这种令人钦佩的反复叙事，其出处显然是这样或那样一种胸罩，它集中了'个性化'自恋的一切悖论。正是在您接近您的理想参照之时，在您'真正成为您自己'时，您最服从集体命令，也最与这样或那样一种'强加'的范例相吻合。"② 依照波德里亚的消费变体逻辑，女性解放的诱惑和打造个性的自恋式行为已经预先被某些范例替代了，而这些范例，就是由包括广告在内的大众传媒工业生产出来的，并由那些可以定向的符号组成。例如，美国的年轻女性之所以喜欢勃莱特，是因为她那与众不同的发型、装扮、行为方式，正是她们所需要的自我的个性化表达方式。因此，在现代消费社会中，每个人都可以借助自己选择的某些范例兑现自己的个性。但是，正是通过这种符号化的个性表

① ［美］迈克尔·埃默里、埃德温·埃默里著，展江、殷文主译：《美国新闻史：大众传播媒介解释史》，新华出版社2001年版，第310页。

② ［法］让·波德里亚著，刘成富、全志钢译：《消费社会》，南京大学出版社2000年版，第90~91页。

达，个人在生产—消费的资本主义经济体制中发挥着消费者的功能。“把本属于女性的提供给女人们消费、把本属于青年的提供给年轻人消费，这种自恋式解放成功地抹煞了他们的真正解放。或者还可以这样做：把青年规定为叛逆（‘青年 = 叛逆’），这种做法可谓是一石二鸟：通过将青年规定为特殊范畴以避免叛逆向全社会扩散，并且此范畴由于被控制在一个特殊角色即叛逆之中而被中和。”① 在此意义上，在欧洲的消费、休闲空间中打造自我的杰克、勃莱特们，在美国本土模仿杰克、勃莱特们的另类穿着和谈吐的年轻人，还有后来的嬉皮士、雅皮士，不过是美国商业消费社会中追逐时尚前卫的消费个性的象征性或形式化叛逆者而已。在现实的生产—消费的社会机制中，这些象征性的叛逆者却在为资本主义经济发展推波助澜。

考利曾经指出：“流放在国外的艺术家也是贸易上的传教士，他们使国外对自来水笔、长统（筒）丝袜、柚子和手提打字机的需求增加。艺术家们引来接踵而至的旅游者入侵大军，这样就使轮船公司和旅行社的赢利大增。所有一切都和这幅商业的画面接合得天衣无缝。”② 因此，将《太阳照常升起》放回到它得以生产出来的消费文化语境中，我们也可以说，海明威自我流放到远离美国商业文化的巴黎寻求艺术拯救，他的成名作却成了牵动 20 世纪 20 年代美国年轻人的个性化消费行为的文化符码。

---

① ［法］让·波德里亚著，刘成富、全志钢译：《消费社会》，南京大学出版社 2000 年版，第 151 页。

② ［美］马尔科姆·考利著，张承谟译：《流放者的归来——二十年代的文学流浪生涯》，上海外语教育出版社 1996 年版，第 55 ~ 56 页。

二、个体的身份焦虑与现代性的价值悖论

显而易见，海明威写作《太阳照常升起》的目的不是为美国的工商业发展促销消费伦理。他更关心的是，在美国由传统的清教文化向现代的消费文化转型的历史进程中，年轻一代在建构自我时所遭遇的价值冲突、身份焦虑以及由一系列矛盾冲突而导致的现代性价值悖论。

20世纪60年代，在反社会、反文化、反政治的青年运动中，美国激进的年轻人一度把《太阳照常升起》看作是一部拒绝一切来自传统的虚伪价值观念的小说。迈克尔·雷诺兹指出，那些将这部小说看作是享乐主义者放纵夜生活和两性关系的生活指南的年轻读者，如同海明威的母亲在1926年对小说中流露出来的不道德倾向的指责一样，都是误读了这部小说。① 实际上，仔细倾听小说中流露出来的多重声音就会发现，海明威在处理美国现代化进程中的劳动与消费、个体价值与社会认同、传统道德与感性自由等问题时，其价值取舍态度并非是简单地弃传统取现代，而是呈现出一种由传统向现代转型时期的矛盾复杂性。

在劳动与消费问题上，海明威在展示美国年轻人在欧洲的休闲、消费生活的同时，并没有完全抛弃老一辈新教徒所信奉的劳动美德。从小说的叙述者杰克认真敬业的工作态度中，我们可以看到传统的劳动美德在像杰克一样的年轻人身上得以保留下来。作为一

---

① Michael S. Reynolds, *The Sun Also Rises: A Novel of the Twenties*, Twayne Publishers, 1988, p.59.

名新闻记者，杰克总是在尽职尽责地完成自己的工作任务后才去休闲、娱乐。小说中，杰克先后有四次叙述了自己的工作情况：第二章，杰克在编辑部紧张地工作了两个多小时，将所有的稿件都发走后，才与一直等候着他的科恩去喝酒；第四章，勃莱特在清晨四点半来找杰克一起去吃早饭，并且有著名的德国穆默酒佐餐，杰克说，“上午我还得工作”，“跟你比，我太落后了，追不上了，和你们玩不到一块去”；第五章，清晨，杰克步行去编辑部上班，一路上，行人都是上班去的，杰克觉得“上班是件令人愉快的事情”；第八章，勃莱特去圣塞瓦斯蒂安度假，科恩也不再来打搅，杰克为了能在六月末去西班牙度假旅游，每天勤奋工作，并且经常到写字间加班。事实上，海明威本人并不认同塞纳河左岸那些反传统、行为放荡的伪艺术家的生活方式。此时的他正处在为当一名作家而努力习艺的阶段。在小说第十二章，比尔模仿当时美国国内某些流行话语对杰克说：“你是一名流亡者。你已经和土地失去了联系。你变得矫揉造作。冒牌的欧洲道德观念把你毁了。你嗜酒如命。你头脑里摆脱不了性的问题。你不务实事，整天消磨在高谈阔论之中。你是一名流亡者，明白吗？你在各家咖啡馆来回转悠。”[①] 有很多研究者引用这段话证明杰克是一个无所事事的“迷惘者”。但是，持这种观点的人忽视了这段话在文本中的上下文语境。在小说中，杰克和比尔到西班牙的布尔戈特去钓鱼。清晨醒来，两个人互相说一些俏皮又怜悯的话。杰克称比尔关于流亡者的一番话是一套胡言乱语，并回应他说，“照你这么说，这种生活倒蛮舒服嘛”，“那么

① ［美］海明威著，赵静男译：《太阳照常升起》，上海译文出版社 2000 年版，第 125 页。

我在什么时候工作?"① 杰克的言外之意是他并不把自己归入无所事事的流放者之列。

虽然海明威将叙述人杰克与无所事事的塞纳河左岸流放者区别开来，但是他所坚守的劳动伦理与老一辈新教徒的观念已明显不同。老一辈资产者的劳动观念与清教信仰密不可分，"一方面，他必须为了上帝的荣耀而竭力劳作，谦卑地接受从中获得的财富，然而在另一方面他又继续将这个世界仅仅看作是一个痛苦和眼泪的峡谷，是每个走向天堂的获罪者的唯一必经之路"②。但是，20世纪初，工业化的高速发展已经把受苦流泪的现世峡谷变成了生活用品丰富多样的俗世温床。康马杰称，在这个时期，美国人"从曾经耗尽他们祖先精力的繁重体力劳动中解放了出来……工作时间已从每周六十小时减为四十小时，年休假期也从一周延长为一个月或一个多月"。"自有史以来，如何安排空闲时间第一次成了大问题。"③ 在这样的历史语境中，一方面，在新教徒的劳动伦理中注入休闲、消费的现代性内容是美国的现代化生产发展所需要的；另一方面，个人的休闲消费生活又处处打上了商业化的烙印。杰克在欧洲的生活就是这种历史性变化的反映。小说中提到了杰克的银行结账单。杰克的银行账户上余额为2432.60美元，扣除已经支出的费用，尚有存款1832.60美元。以海明威本人所提供的数据为参照，一个人每年花2500美金就可以在巴黎过很舒适的生活，杰克在巴黎过的是

---

① ［美］海明威著，赵静男译：《太阳照常升起》，上海译文出版社2000年版，第125页。

② ［美］罗德·霍顿、赫伯特·爱德华兹著，房炜、孟昭庆译：《美国文学思想背景》，人民文学出版社1991年版，第49页。

③ ［美］H.S.康马杰著，杨静予等译：《美国精神》，光明日报出版社1988年版，第621页。

舒适的中产阶级小康生活。生活舒适的中产阶级，是美国经济现代化的产物。作为中产阶级的一员，杰克在勤奋工作的同时，对个人的生活经济运营十分在行。他已经悟出了一套现代商品交换社会中的生活哲学："享受生活的乐趣就是学会把钱花得合算，而且明白什么时候正花得合算。你能够把钱花得很合算。世界是个很好的市场，可供你购买。这似乎是一种很出色的哲学理论。"① 在巴黎，杰克知道在哪家咖啡馆可以享用价格适宜的美酒、美食。去西班牙旅游，他了解哪里可以找到舒适便宜的旅馆。甚至包括给不同服务行当的侍者付多少小费购买多少服务热情，杰克都应对自如。结构主义的马克思主义理论家阿尔都塞曾经指出："艺术之所以是艺术，是因为它脱离开意识形态，同时暗指着意识形态。"② 在此意义上，海明威虽然鄙视商业主义，但我们从他的小说中还是看到了20世纪20年代美国人生活的商业化表征。

在面对个体价值与社会认同、传统道德与感性自由等问题时，《太阳照常升起》同样显示出一种社会转型时期的价值悖论。海明威在以保守的中产阶级为主的橡树园小镇上长大。清教徒严格的宗教意识和种种清规戒律在小镇上拥有绝对的权威地位。海明威的父母都是恪守清教规则的新教徒。他的父亲完全按照清教徒的道德准则来管教孩子。海明威虽然成年之后离开了橡树园，但是来自橡树园的宗教道德传统在他的内心深处留下了深刻的烙印。在《太阳照常升起》中，他将美国青年杰克等人安排在欧洲，在与橡树园拉开

---

① ［美］海明威著，赵静男译：《太阳照常升起》，上海译文出版社2000年版，第163页。

② ［英］拉曼·塞尔登编，刘象愚、陈永国等译：《文学批评理论——从柏拉图到现在》，北京大学出版社2000年版，第498页。

距离的现代生活场景中重新审视其宗教道德传统的价值，在传统观念与现代价值的冲突和整合中建构自我的主体生命意义。具体说来，传统与现代的价值冲突集中在小说人物对待饮酒、两性关系、主体价值的取舍态度上。一方面，海明威内心深处的传统观念积淀决定了他的小说人物与传统之间有割舍不断的内在牵连；另一方面，他们又试图挣脱清教传统的束缚，追求个体的生命自由和感性解放。这两方面的价值冲突构成了小说人物的内心困惑，有时候，这种困惑表现为一种无奈的伤感，甚至是意义漂浮的虚无。

首先，在饮酒问题上，美国的中产阶级白人绝大多数把禁酒看作是一场伟大的道德运动。早在19世纪末期，美国就成立了各种禁酒团体。其中，成立于1895年的反酒吧社提出，酒吧会助长社会的腐化之风，使工人走向堕落，影响工作效率。因此，他们一边在教堂和公共选举中向大众倡导禁酒节制，一边在家里的私人酒吧继续饮酒，丝毫不认为这是假道学。同样的情形也出现在海明威的故乡橡树园镇。1919年，36个州通过了《第十八条宪法修正案》，使销售和批发含酒精饮料的行为在全国范围内成为非法的。作为一场崇高的拯救道德的试验，禁酒法案一经实施，那些曾出于道德原因而拥护禁酒的人便后悔地意识到，他们为了拯救美国人的道德而丧失了喝酒的权利。事实上，美国的饮酒人数并没有因为禁酒令的实施而有所减少。相反，由于公共场合的饮酒行为由中央政府进行裁决，各个州政府对私下的饮酒行为视而不见，结果是，酒水走私商以杂货商、药商、各种帮会专职代理人的身份倒卖私酒，年轻人则视随身携带小酒壶、饮酒酗酒为时髦之举。在菲茨杰拉德出版于1925年的小说《了不起的盖茨比》中，主人公盖茨比就是靠贩卖私酒发家致富的。在盖茨比府上，相识不相识的人们夜夜聚在一起饮酒作乐。到20世纪20年代末，即使是最坚定的理想主义者也开始承认这一场“伟大”的禁酒运动已经失败。1933年，罗斯福上台后，美国国会废除了禁酒令。姑且将海明威本人与酒精的亲密关系撇开，把《太阳照常升起》与这场旨在拯救道德的禁酒运动联系起来，我们就不难理解为什么美国国内的道德理想主义者喜欢以小说人物的饮酒行为为把柄来质疑海明威的道德立场，也可以理解为什么社会上的放浪青年将模仿海明威笔下的人物饮酒行为视作时髦的叛逆、自由的举动。也就是说，20世纪20年代正身处禁酒运动进程中的美国大众，在对《太阳照常升起》的接受问题上也存在着两种倾向性：一种将饮酒看作是年轻人道德上的堕落，另一种则将饮酒看作是抵制不合理的清教束缚、追求自由的标志。

其次，就两性关系问题来看，在小说的整个叙事进程中，杰克和勃莱特始终面对着自己的生理性别角色和社会性别角色的困惑。他们的困惑折射出20世纪20年代美国中产阶级白人男性和女性在经历性别角色转换时的身份焦虑。在这个问题上，有的批评者只看到了杰克的招妓女和勃莱特的性放纵行为，就由此断定小说中的青年一代在处理两性关系时放荡成性，没有道德责任感。笔者认为，这种批评过于简单和武断，没有将20世纪20年代青年人正在经历的自我性别角色转换这一复杂的时代因素考虑在内。从小说中呈现出来的杰克和勃莱特的性别角色表征来看，两个人的性别角色内涵皆趋向于复杂多样性。黛布拉在《阅读欲望：追寻海明威》一书中指出：“海明威的小说将人物的生理性别和社会性别置于不断变换的状态中。尽管现代社会试图将男性的或女性的外表和表达方式，以及同性恋、异性恋或双性恋的欲望等范畴固定下来，但是，到目前为止，将人的欲望和行为划类定型仍是难以做到的。在《太阳照常升起》中，人物的行为、外表和欲望已经超出了‘正常的’身份和身份认同的边界，原有的男性和女性的生理性别和社会性别范畴被动摇，并且互相交织在一起。”① 黛布拉的著作是在1999年出版的，从中不难看出20世纪90年代兴起于美国的“酷儿”理论对她的影响。

所谓“酷儿”（queer）②，指的是那些在性倾向方面与主流文化和占统治地位的社会性别规范或性规范不符的人。“酷儿”理论原本起源于对男女同性恋、双性恋等边缘性性别身份群体的研究，表达的是一种外在于主流文化的身份政治立场，至今已发展成为一种包容了马克思主义、女性主义、解构主义、精神分析等理论在内的身份政治理论。酷儿理论为我们跳出传统的两性道德评价标准制约，深入剖析《太阳照常升起》中杰克和勃莱特的内心困惑提供了有益的启示。在此意义上，将杰克的性机能创伤与勃莱特的爱情创伤置于20世纪20年代美国社会正在经历着的现代化进程中来考察，就不会将他们的角色困惑和焦虑仅仅归咎于战争。

当然，勃莱特和杰克的自我性别角色转变并非是战后两性关系领域里出现的突然裂变，而是在战前美国社会中的性别角色结构基础上逐渐演变而来的。

第一次世界大战以前，美国社会的主流文化传统在很多方面都

---

① Debra A. Moddelmog, *Reading Desire: In Pursuit of Ernest Hemingway*, Cornell University Press, 1999, p. 99.

② “酷儿”是queer一词的音译，其原本的词义是“古怪”“怪异”，是西方主流文化对同性恋者的贬称。后来被性的激进派借用来概括他们的理论，其中含有反讽意味。国内社会学学者李银河采用港台的音译词“酷儿”来翻译它，以表达其中的反讽意味。见［美］葛尔·罗宾等著，李银河译：《酷儿理论》译者前言，文化艺术出版社2003年版，第1页。

是在英国主流文化传统的基础上形成的，在男性和女性的角色认同问题上也不例外。依照传统的性别角色规定，男性和女性分别属于社会公众空间和婚姻家庭空间这两个不同的活动领域。但是，在第一次世界大战以后，男性和女性角色空间之间的界限不再是绝对不可逾越的。一方面，第一次世界大战的灾难导致“神圣”“光荣”“牺牲”等主流社会评价标准的权威性丧失，男性对由少数政治家和大财团操纵的社会价值体系生出一种幻灭感，对自己在社会公众空间里的角色自信大打折扣。这种社会共同意识的幻灭感和男性主体自信的退缩在《太阳照常升起》中表现在杰克身心两方面的伤痛中。在《太阳照常升起》出版三年后问世的《永别了，武器》(1929）中，社会共同意识的幻灭感则通过亨利表达出来：

> 我一言不发。神圣的、光荣的和牺牲等等这些字眼，以及徒劳无益的豪言壮语常常使我困惑。我们听到过这些字眼，有时站在雨中，在耳朵几乎听不见的地方，以致传来的只是那些大声喊叫出来的字眼，我们也曾在张贴布告的人漫不经心地一张叠一张地张贴的公告上读到过这些字眼。如今经过一段很长的时间，我没有见到过任何神圣的东西，光荣的东西并不光荣，牺牲像芝加哥屠宰场的牲畜围场，要是肉无法处理只有把它埋掉了事。①

第一次世界大战后，男性的权威地位和主体自信丧失的同时，女性却向传统的社会角色规定发起了挑战，具体表现为她们的社会角色开始向公众空间渗透。1920 年，美国的妇女获得了选举权。这标志着妇女开始以合法的身份参与到社会公众活动中来。妇女社

① ［美］海明威著，汤永宽等译：《永别了，武器》，浙江文艺出版社 1992 年版，第 158 页。

会角色的这种变化不仅发生在美国，在欧洲，女性的角色也发生了相应的变化。像巴黎的西尔维亚·比奇，就是现代主义文学艺术发展史上的重要人物。她经营的莎士比亚书屋在巴黎的图书出版界和文学界都享有盛名。经典的意识流名著，乔伊斯的《尤利西斯》就是由西尔维亚最先出版发行的。在伦敦，弗吉尼亚·沃尔夫也是当时伦敦的文学艺术精英小团体“布卢姆斯伯里团体”的成员。[①] 1917 年，她与她的丈夫还开设了霍加斯书局。第一次世界大战结束后，介入到公众空间活动中来的女性不仅限于像西尔维亚和沃尔夫这样的杰出女性，而是成为一种普遍的社会发展趋势。不管是在美国，还是在巴黎，越来越多的妇女走出家门，参加到公众活动中来。这种女性争取民主权力的女权意识在 20 世纪 20 年代早期的巴黎尤其突出。那时巴黎有八十多个女权主义团体，共有六万多名成员。由于社会公共空间在传统上是属于男人的活动领域，妇女常常被视为闯入者而不配受到尊重和保护，所以离家的妇女很自然地就被看作是名誉不好的，或者是危险的。也就是说，介入公众空间的女性不再受制于传统的性别角色制约，做纯洁、温柔、顺从的天使，而是不断地争取自由、自我表现和在公共生活中的发言权，反抗男权社会那种根深蒂固的社会性别规定。因此，在 20 世纪 20 年代，走出家门的妇女被看作是时髦的、放荡的、对既有社会秩序构成威胁的女性。她们在告别家庭的同时，也失去了既有的、稳定的生活

① 大约在 1910—1940 年间，伦敦的一些作家和艺术家经常在弗吉尼亚·沃尔夫的布卢姆斯伯里住宅聚会，一起探讨文艺和哲学问题。虽然他们否认自成一派，但是他们在创作中表现出来的反传统的审美观是一致的。由此形成了一个文学艺术团体。这个团体的成员都在文学艺术界享有盛名，其中包括弗吉尼亚、小说家福斯特、哲学家罗素、经济学家凯恩斯等。见上海外国语学院、外国语言文学研究所编译：《当代英国文学词典》，江苏人民出版社 1986 年版，第 35 页。

庇护，显得脆弱、敏感，甚至会伴有因自我焦虑而导致的歇斯底里的症状。《太阳照常升起》中的勃莱特就是这些走出家门的女性之一。

从上述20世纪20年代女性的角色变化可知，像勃莱特一样留短发、抽烟、喝酒、谈恋爱的“放浪女子”并非是个别现象。在美国，这种情况也十分普遍。温迪·马丁在《勃莱特·阿施利：〈太阳照常升起〉中的新女性》中援引了这样一则消息：海明威的姐姐玛斯琳也剪了短发，来说明当时美国女性的着装开放程度。1925年春，《纽约时报》报道了一则有趣的消息，一位妇女穿了一件袖子透明的衣服，竟在伦敦引起了很大的骚动。当这位妇女因过分暴露和扰乱社会秩序的罪名而被捕时，她抗议说这种衣服是纽约流行的样式。① 同样的，当勃莱特在潘普洛纳裸露着双肩走进蒙托亚的酒吧时，也大大地触怒了蒙托亚，因为她暴露的皮肤让人觉得她是一个堕落的女人。温迪从女权主义的批评立场出发，将勃莱特看作是20世纪20年代新女性的代表。她在文章中指出：“从勃莱特·阿施利身上可以看到新女性对传统社会秩序的激烈挑战。她已经走出房门并开始漫游世界。她毫无愧色地进出公共领域，敢于经常出入从前限制她出入的地方，如酒吧和斗牛场，再也不穿长裙和那些带着裙撑并得将腰身束紧的服装了，而是科科·夏奈尔和埃尔特为便于女性活动而专门设计的新式服装：短裙，轻柔的质地，这种女式服装的新款式简直令传统主义者震惊不已。”② 但是，不应忽视

① Wendy Martin, “Brett Ashley as New Woman in The Sun Also Rises”, From *Ernest Hemingway's The Sun Also Rises*, Edited by Linda Wagner-Martin, Oxford University Press, 2002, p. 50.

② Wendy Martin, “Brett Ashley as New Woman in The Sun Also Rises”, From *Ernest Hemingway's The Sun Also Rises*, Edited by Linda Wagner-Martin, Oxford University Press, 2002, p. 50.

的历史事实是，20世纪20年代的新女性都是从像娜拉（易卜生的《玩偶之家》）一样没有自我的历史中离家出走的。在勃莱特已有的婚姻生活经验中，她的丈夫阿施利总是叫她睡在地板上，睡觉时身边总是放一把装有实弹的左轮手枪，总是说要杀死她。这样一种男性霸权的暴力压制，给勃莱特留下了痛苦的记忆。在她的经历中，长发、端庄、顺从的女性化气质是与被压制、丧失自我的痛苦与恐惧联系在一起的。因此，我们看到，走出阿施利的家门，以新女性姿态出现在现代生活中的勃莱特在外表装束和行为方式上都偏离了传统的女性气质，并在某种程度上已经跨越了传统的男性、女性的二分界线。她留着短发，戴着一顶男式毡帽，不穿长筒袜，一手夹着香烟，一手端着酒杯，与不同类型的男子约会，出入各种公众休闲娱乐场所。通过这一系列偏离传统的女性性别角色的表达方式，勃莱特独立的自我形象得以建构起来。评论者则分别以传统或现代的评价标准为参照，给勃莱特贴上"放浪女子"或解放了的"新女性"的标签。但是，笔者认为，在勃莱特的"放浪"或"解放"行为背后，深藏着一种越界后的自我性别身份确认的焦虑。她总是徘徊于自我克制与自我放纵之间。她同她前任丈夫以及迈克尔、科恩甚至和杰克的关系都充满了矛盾的情感，既渴望他们又常常疏远他们。这种变幻不定的情感状态皆源自她在社会性别角色转型过程中重建自我时的身份焦虑。具体来看，这种身份焦虑表现在以下两个方面：

其一，勃莱特走出阿施利的家门后，仍然生活在男权政治控制下的社会结构中。她的跨越传统淑女界限的个性化着装、饮酒、抽烟、看斗牛等时尚消费，仍然要由阿施利之外的某个男人为她付账。小说中还提到，如果没有男人的陪伴，勃莱特一个人还不能进入这些越界的自我表达空间中。也就是说，在20世纪20年代的美国和法国，像勃莱特这样的新女性，其叛逆和解放的触角还只能在男权社会允准的空间中伸展。在此意义上，没有独立的经济支付能力的勃莱特，其社会性别角色实则是传统的家庭妇女与现代高级交际花的混合体。

其二，勃莱特在追求性爱快乐的同时又怀有一种异性恋恐惧心理。从勃莱特的性爱表达方式来看，她已经偏离了传统女性被动接受的性角色界定，她的性欲求也不再局限于唯一的性伴侣。为了满足自己的身体欲望，勃莱特可以与自己不爱的科恩去圣塞瓦斯蒂安约会。她与斗牛士罗梅罗的私奔事件也是由她本人的主体欲望牵动的。她毫不掩饰地将自己对罗梅罗那富有阳刚魅力的身体的爱欲表达出来，但是她又惧怕在罗梅罗的男性力量面前重新沦为没有自我的"女性化"角色。因此，当罗梅罗要求她为了自己留长发，变得更女性化一些时，她就离开了罗梅罗。勃莱特的异性恐惧还不限于此，在勃莱特那曾经被男性文化霸权殖民过的内心深处，还有一种红颜祸水的道德罪感。离开罗梅罗后，勃莱特对杰克说："我不愿当一个糟蹋年轻人的坏女人。""我现在感到很好。我感到很坦然。"① 但是，她在做出如此表白的同时，又在杰克怀抱里哭泣。从勃莱特的异性恋恐惧心理中，我们可以看到20世纪20年代的新女性在建构自我的主体性时普遍存在的性别身份焦虑。也许，正是因为内心深处的异性恋恐惧，勃莱特才总是在最痛苦的时候选择与丧失了阳具霸权能力的杰克在一起。同杰克在一起的时候，勃莱特

① ［美］海明威著，赵静男译：《太阳照常升起》，上海译文出版社2000年版，第265页。

有一种安全感。也正因如此，在勃莱特之后，更激进的新女性才选择了彻底与男性霸权决裂的性爱姿态——同性恋。问题是，勃莱特在与杰克相拥的同时，对男性的爱欲又在她的体内涌动。在勃莱特看来，压制对异性的爱欲“是人间地狱般的痛苦”。据此来看，勃莱特的性别欲望取向实在是复杂多样，也只有20世纪90年代诞生的“酷儿”政治能为她提供身份认同的理论依据。而在20世纪20年代的美国，勃莱特的未婚夫盎格鲁·撒克逊种族的有闲阶层成员迈克尔警告她说：“她要是跟犹太人和斗牛士这号人一起招摇过市，她准会碰到麻烦。”① 在小说的最后，勃莱特还是选择回到迈克尔身边。因为在她看来，“他是那么可亲，又那么可畏。他正是我要求的那种人”②。但她又对杰克说：“我们要能在一起该多好。”③ 此时，海明威安排一个警察在勃莱特和杰克坐的出租车前举起了警棍。警察和警棍是否暗指主流社会的道德律令？海明威向来追求只在文本中说出八分之一，勃莱特的性别身份认同最终指向哪里，依然是暧昧不明。迈克尔·雷诺兹仔细研究了保存在肯尼迪图书馆中的小说手稿，他发现原稿中有这样一段在正式出版时被删掉了：“至于说以前发生的事情对勃莱特产生了怎样的影响，勃莱特感觉如何，我不是心理分析学家，我只是把她做的和说的记录下来，由

---

① ［美］海明威著，赵静男译：《太阳照常升起》，上海译文出版社2000年版，第222页。

② ［美］海明威著，赵静男译：《太阳照常升起》，上海译文出版社2000年版，第266页。

③ ［美］海明威著，赵静男译：《太阳照常升起》，上海译文出版社2000年版，第270页。

你自己去思考这一切。”① 这段话表明，作为一个正致力于建构自己的小说技艺的年轻作家，海明威既不能算是与传统两性道德彻底决裂的新道德斗士，也无意于对新女性的解放行为挥动主流文化的律令警棍，他只是以自己选择的八分之一为读者解读包括性别政治在内的20世纪20年代的美国文化提供了一幅着色不一的文化导游图。

如果说我们透过勃莱特的快乐、困惑、痛苦可以洞察20世纪20年代新女性的性别身份焦虑，那么，我们同样不能忽视杰克的性机能创伤所具有的时代文化符码的隐喻意义。在此意义上，杰克的性机能创伤不仅是第一次世界大战的灾难性后果的实证，而且更是工业化时代中产阶级白人男性权威衰落的危机感的表现。其一，从工业化时代的两性关系来看，新女性的解放自由与新男性阳具霸权的受挫是相伴而行的。在海明威的短篇小说《我躺下》（*Now I Lay Me*）中，尼克回忆起他们在祖父去世后搬进母亲设计的新房时的情境。尼克的父亲收集了一些印第安人制品，放在地下室里。母亲趁父亲外出打猎期间，将父亲收集的印第安人制品都当作废弃不用的东西烧毁了。父亲打猎归来后，从灰烬中又拣出了石斧、剥兽皮的石刀、做箭头的工具等残片，并小心地将其包裹起来。这个细节与杰克的性机能创伤的隐喻意义是一致的。时代不同了，受过教育的母亲不仅自己能够设计住房，而且敢公开挑战父亲的男性权威。美国的海明威研究专家皮特·海斯指出，印第安人制品“代表着一种文化，也许是一种以阳具崇拜为标志的男性气概。他的妻子将他收集的印第安人制品烧毁，标志着她对印第安人，尼克的父

① Michael S. Reynolds, *The Sun Also Rises*: *A Novel of the Twenties*, Twayne Publishers, 1988, p. 23.

亲，他的个人兴趣，他的财产都缺乏崇敬之情”①。同样的，在《太阳照常升起》中，科恩一心一意要扮演一个守护在美人身边的浪漫骑士。结果，在新女性勃莱特的自主意识面前，他那英雄救美的责任感连同他大学时代练就的一身好拳技，统统都废于一旦。与科恩不同的是，杰克在小说的叙事进程中，自始至终都要直面自己阳具受挫的现实。他的性无能意味着男性力量、男性权威以及男性进行社会控制权利的丧失。对这一点杰克具有清醒的认识。他一方面为自己的男性权威丧失而感到痛苦；另一方面，正是由于白人男性文化霸权意识的缺席，杰克对勃莱特的欲望、科恩的犹太身份才都能够予以同情和包容。也许，正是因为这一点，黛布拉才在杰克身上辨认出了与后现代社会中的“酷儿”相类的特性。

其二，从中产阶级白人男性在美国文化现代化进程中的角色变化来看，杰克的创伤传达出他们在社会转型时期追求自我认同时的失意和伤感情绪。在工业化、都市化的现代社会，与经济生活中的组织化管理和整体性操控相一致的标准美国公民形象是刘易斯塑造的只有商业头脑而没有个性的巴比特。从永远憧憬着未来的商业利益，但又永远木然平庸的巴比特们身上，我们可以看到美国现代社会生活的同一性、同质化发展趋向与个体自由、自我理想之间的矛盾。在此意义上，杰克无法恢复的性机能创伤即来自主流社会的同一性操控对个体生命自由的压制和异化。

第三，在主体价值和自我生命意义的终极归属问题上，《太阳照常升起》透视出一种与美国“爵士时代”的价值追寻相一致

---

① Peter L. Hays, “Hemingway's Use of a Natural Resource: Indians”, from Robert Fleming, *Hemingway and the Natural World*, University of Idaho Press, 1999, p. 4.

的世俗化道德取向和终极归属的虚无感。这种世俗化道德与指向来世拯救的清教道德不同，是以现世的、现时的、个体的感觉为价值判断标准的。正如海明威在《死在午后》中所说的："关于道德问题，我只知道所谓道德的就是你事后感觉好的，所谓不道德的就是你事后感觉坏的。"① 以个体在特定情境下的感受作为评判道德与否的依据，这是一种相对主义的情境伦理。这种个人主义、相对主义的价值观和道德观与美国社会由农业社会向消费社会转型过程中的道德需求是一致的。发生在美国社会的价值观和道德观方面的这种变化突出体现在学校的道德教育理念中。学校的道德教育经历了一个从服务宗教到服务世俗生活的转变。这一时期，道德教育的主要特征是强调进步、发展，强调道德教育的个人目的，重视教育对个人需要的满足。具体来说，杜威的教育思想在美国的道德教育中占据了主导地位。他认为："一切都是变化、发展的，根本不存在绝对的、固定不变的道德真理，任何道德准则都随社会文化的发展而变化。所以道德实质上是一种解决问题的过程，而不是某种固定观念和习惯。"② 这种道德教育思想与战后消费生活实践中出现的反清教压抑的自主性、现时性、相对性道德取向是一致的。

在《太阳照常升起》中，上述反清教传统的自主性道德态度既体现在伯爵和迈克尔沉浸于其中的完全世俗化了的享乐主义生活方式中，也渗透在杰克和勃莱特的自我感性解放行动中。

在小说中，伯爵和迈克尔分别出现在书的第一部和第二部、第

① ［美］海明威著，金绍禹译：《死在午后》，上海译文出版社 1999 年版，第 4 页。
② 鲁洁、王逢贤主编：《德育新论》，江苏教育出版社 2000 年版，第 594 页。

三部。他们是两个完全适应、并投身于消费社会的享乐生活中的人物。因此，对于他们来说，传统道德的困扰已经不复存在。伯爵的身体也留有战时的伤疤，但是，他的伤疤与杰克的性机能创伤不可相提并论。杰克在战争中经历了神圣、光荣、牺牲等传统价值信念受创的痛苦，而伯爵早已经完成了由与旧秩序同在的贵族身份向与金钱同在的现代商业社会中掌握资本的商人角色的转变。他的伤疤是在战时做买卖时留下来的。伯爵声称，在现代社会中，“必须对生活价值形成一套看法”。伯爵的看法就是在生活中尽情享乐。名牌白兰地、香槟酒、葡萄酒，巴黎上等饭店里的美食，收集一屋子既能装点生活又有投资价值的古董，经常跟美女谈恋爱，这就是伯爵的日常生活实践。勃莱特说：“你没有任何对生活价值的看法。你已经死去了，如此而已。”[①] 我国的海明威研究者也大多采用了与勃莱特一致的判断来评价伯爵这个人物。但是，应该指出的是，勃莱特之所以认为伯爵已经死去，是因为她在伯爵身上看不到任何与传统观念相联系的价值取向。实际上，在现代商业消费社会中，伯爵是一个与现代资本主义的物化文化完全对接合拍的资产者、消费者。除了他的头衔以外，伯爵与旧时的等级秩序已经毫无瓜葛。作为一个有贵族头衔的资产者，伯爵在各个行当都有朋友，他本人在美国开了好多家糖果联号店。他还在艺术界投资，资助一个叫作齐齐的希腊画家，因为他认定齐齐将来会很有出息。这有点像资助乔伊斯的西尔维亚·比奇，他们看好的是现代艺术的市场升值潜力。由此来看，以商业生产、消费社会的逻辑来推断，伯爵才是一

① ［美］海明威著，赵静男译：《太阳照常升起》，上海译文出版社2000年版，第69页。

个与资本主义社会的发展节奏合拍的人物，只不过在这类人物的价值准则中，传统的道德关怀、永恒的意义追问都被现时的个体享乐、资本的商业利润所取代了。

与伯爵相比，迈克尔则是一个地道的现代都市生活中的消费者。他的生活内容完全是在现时快乐牵引下的一系列消费行为。波德里亚在《消费社会》一书中概括了这样一个消费神话："一个人'具有'需求，需求'促使'他走向给予他满足的物。由于人毕竟永远无法得到满足（而且人在这一点，常常受到指责），因此，同样的故事便能够无限制地重新出现，当然同时也伴随着旧寓言的消亡。"① 在《太阳照常升起》中，海明威安排迈克尔给在潘普洛那过狂欢节的一行年轻人讲了一个关于勋章的故事。迈克尔讲述的故事与波德里亚概括的消费神话有异曲同工之处。有一次，迈克尔应邀参加一个有王子出席的盛大宴会，请柬上写明赴宴者要佩戴勋章。但是，迈克尔没有勋章。于是，他就与他的裁缝做了一笔交易。他出钱，裁缝给他弄来了一盒勋章。结果，宴会那天，由于临时变故，王室的人没有到场，所以与会的人就没有佩戴勋章，戴上的也都摘了下来。迈克尔花钱租来的勋章装在衣服口袋里，始终没有拿出来。后来，他感到宴会极端无聊，就提前离开到夜总会去找姑娘寻开心。在夜总会里，迈克尔将一盒勋章都散发给了姑娘们，且感到自己十分威风。更令他感到滑稽的是，此后，裁缝连续几个月写信向他讨要勋章，因为这些勋章的主人是一位身经百战的军人，勋章就是他的命根子。迈克尔讲述的故事将一群年轻人逗得哈

---

① ［法］让·波德里亚著，刘成富、全志钢译：《消费社会》，南京大学出版社 2000 年版，第 58 页。

哈大笑。在他们的笑声中，传统的价值体系被他们的现时快乐消解掉了。

迈克尔的勋章故事出自海明威在 1923 年 12 月 8 日发表在《多伦多星报周刊》上的一则通讯。通讯的题目是《战时奖章贱卖》。这则通讯通过战时各种奖章在巴黎贱卖的报道，说明战时表彰的“英勇”此时已经一钱不值。通讯的开篇写道：

> 现在英勇在市场上卖多少钱？在阿得雷德街上一家奖章与硬币铺子里，一个店员说：“我们不收购奖章。没有人要。”①

海明威在考察过巴黎的许多店铺后，在通讯的结尾处得出结论：在 20 世纪 20 年代的巴黎，“破闹钟卖得掉，可是‘十字勋章’卖不掉”。在这则通讯中，还渗透着一种旧时荣誉贬值的悲哀和对待战争的复杂态度。可是，在《太阳照常升起》中，当迈克尔讲述勋章的故事时，在他的现时享乐感受中，旧时荣誉不再的悲哀之情已荡然无存。值得注意的是，迈克尔的享乐生活是靠借债来维持的。以此来看，迈克尔已经成为一个抛弃了一切传统价值观念、道德责任，只关注个体的现时享受的消费者。

在伯爵和迈克尔的现时个人享乐主义道德观念中，透露出一种上帝、永恒、终极关怀不在场的虚无感。与伯爵和迈克尔相比，勃莱特和杰克虽然也追求个人自由和感性解放，但是，传统和永恒的价值观在他们的心中依然根深蒂固。正因如此，勃莱特才会说完全舍弃传统和永恒的伯爵已经死去；才会一边追求自主的性欲望表达，一边在放纵的罪恶感中向往着一种灵与肉和谐交融的理想化爱

---

① 董衡巽编选：《海明威谈创作》，生活·读书·新知三联书店 1985 年版，第 58 页。

情。同样地，橡树园的道德责任和宗教拯救意义也始终纠缠在杰克的内心深处：其一，杰克在认同金钱购买消费快乐的同时，又为商业化消费时代通行的交易关系所带来的人性的物化表达而失意伤感。因此，我们看到，在小说中，杰克既具备商业算计的精明头脑，有一套购买、享乐的交换理论，同时，又会仅仅出于温情和某种责任感而掏腰包——出钱帮助潦倒的穷艺术家，与朋友、同事吃饭时总是主动扮演埋单者，为勃莱特付账单等。其二，杰克在追求个体的感性自由的同时，又不时地陷入个体享乐价值观与社会共同的责任担当之间的内心冲突中。在勃莱特与罗梅罗的两性关系问题上，杰克一方面将勃莱特的行为理解为她摆脱被剥夺、被压抑的痛苦过去的感性解放需求，因而做了撮合二人的“皮条纤”；另一方面，他又觉得此举不仅背叛了自己的爱情，也出卖了西班牙的斗牛事业，无法正视斗牛迷们带有谴责意味的目光。其三，杰克不是一个继承了橡树园的新教传统的虔诚教徒，他却自称是一个天主教徒，超越世俗价值的永恒和拯救问题还在困扰着他。在海明威的生活中，他的父母都是虔诚的新教徒，他们也按照新教教规来约束子女。但是，海明威在与波琳结婚前接受了天主教的洗礼。目前，还没有令人信服的实证材料说明海明威选择天主教是出于虔诚的信仰，依照贝克在海明威传记中提供的材料来看，海明威是为了与波琳结婚才接受了天主教的洗礼。他还对牧师说，哈德莉根本不信教，所以他们在美国的教堂里举行的婚礼不算数。此后，海明威“名义上是个天主教徒”。[1] 如同海明威本人有争议的天主教信仰一

---

① ［美］贝克著，林基海译：《迷惘者的一生——海明威传》（上），湖南文艺出版社 1987 年版，第 328 页。

样，《太阳照常升起》中的杰克也不是一个虔诚的天主教徒。他很少进教堂，他在教堂里的祈祷内容也与来世的拯救无关：

> 我跪下开始祈祷，为我能想起来的所有人祈祷，为勃莱特、迈克、比尔、罗伯特·科恩和我自己，为所有的斗牛士，对我爱慕的斗牛士单独一一为之祈祷，其余的就一股脑儿地放在一起，然后为自己又祈祷了一遍，但在我为自己祈祷的时候，我发现自己昏昏欲睡，所以我就祈求这几场斗牛会是很精彩的，这次节期很出色，保佑我们能钓几次鱼。我琢磨着还有什么别的事要祈祷的，想起了我需要点钱，所以我祈求能发一笔大财，接着我开始想该怎样去挣……想到自己在祈祷，就感到有点害臊，为自己是一个糟糕透顶的天主教徒而懊悔，但是意识到我自己对此毫无办法，至少在这一阵，或许永远，不过，怎么说天主教还是种伟大的宗教，但愿我有虔敬之心，或许下次来时我会有的。①

从杰克祈祷的内容来看，杰克的这段内心独白透视出海明威本人对终极信仰问题的矛盾态度：一方面追求与现世的、现时的、个体的世俗化享乐主义道德同在的主体自由和个体生命的感性解放；另一方面，传统宗教信仰的积淀又使他趋向一种超越世俗层面的永恒意义。但是，经历过第一次世界大战的挫伤后，海明威已经不再信任包括宗教在内的传统价值体系的永恒拯救意义，与许多现代艺术家一样，在上帝不在场的现代商业消费社会中，他试图创造一种不会衰败的艺术话语，来承载超越和拯救的永恒意义。正如迈克尔·贝尔所指出的："美学在那个时代承担着某种伟大的重负。"②

---

① ［美］海明威著，赵静男译：《太阳照常升起》，上海译文出版社2000年版，第105～106页。

② ［美］迈克尔·莱文森编，田智译：《现代主义》，辽宁教育出版社2002年版，第36页。

三、现代艺术的双重性与审美现代性

对永恒意义的召唤，是19世纪末20世纪初西方现代主义作家共同的艺术追求。但是，与传统文学不同的是，现代艺术家不再乞灵于上帝，或者是某种社会政治的乌托邦，而是转向了自律的艺术世界。海明威能否划入现代主义作家之列，在学界尚有争议。在此，姑且不论现代主义和现实主义哪个标签更适于海明威，在赋予自己的文学创作活动以某种永恒意义这一点上，海明威与现代主义作家是一致的。他于20世纪20年代前往巴黎，就是要摆脱清教伦理的束缚，超越美国国内越来越物质化的现实对人性的异化，创造一种指向超越和拯救的现代艺术话语。正是这样一种指向超越和拯救的意义召唤，奠定了海明威文学写作活动的现代英雄主义姿态与文学精英立场。

首先，海明威的艺术话语表现为一种最大限度地留住个人主体尊严的生存方式。具体地说，针对商业消费生活实践的同质化所造成的男性权威衰退，海明威试图寻求一种将男性身体的能量、个人意志与一门现实技艺结合起来的硬汉子生存方式。在《太阳照常升起》中，他的叙述人杰克，在斗牛士罗梅罗身上，找到了这种理想的人生形态。在小说一开篇，杰克就对科恩说："除了斗牛士，没有一个人的生活算得上是丰富多彩的。"[①] 在小说的第二部，海明威不厌其详地描绘了罗梅罗斗牛的每一个细节，让他的阳刚魅力在

---

① ［美］海明威著，赵静男译：《太阳照常升起》，上海译文出版社2000年版，第11页。

直面公牛的危险中，在从容优雅的一招一式中放电闪光：

> 罗梅罗从不故意扭摆身躯，他的动作总是那么直截了当、干净利落、从容自然。另外两位把身子像螺丝钻那样扭着，抬起胳膊肘，等牛角擦过去以后才挨着牛的腹部，给人一种虚而不实的惊险印象。这种虚假的动作后来变得越来越糟，使人感觉很不愉快。罗梅罗的斗牛使人真正动情，因为他的动作保持绝对洗练，每次总是沉着冷静地让牛角紧靠身边擦过去……自从何塞利托去世之后，斗牛士都逐渐形成一套技巧，表面上故作惊险，以期造成扣人心弦的虚假效果，而实际上他们并不担风险。罗梅罗表演的是传统的技巧，就是通过身躯最大限度地暴露在牛面前来保持洗练的动作，他就是这样把牛控制住，使它觉得他是难以接近的，同时做好准备，给它以致命的一击。①

海明威还写到了罗梅罗拒绝美国大使的宴请，不在公众空间说英语等细节。如此，罗梅罗就成了拒绝一切现代权力诱惑、操控，坚守永不衰败的主体生命原则的化身。但是，海明威在张扬罗梅罗不被现代社会败坏的生命力的同时，将斗牛士与现代化消费社会的冲突悬搁了起来。在小说中，我们已经看到，罗梅罗要求勃莱特为自己留长发，嫁给自己，变得更女性化一些，做一个与他的斗牛士身份相般配的妻子，而不是一个让他在斗牛士同行面前丢脸的时髦女郎，结果，遭到了勃莱特的拒绝。如果说，罗梅罗与勃莱特的分裂表明，以罗梅罗的男性气概为表征的男性权威在现代女性的主体意识面前遭到了挫败，那么，在现代旅游经济的冲击下，斗牛士的斗牛技艺能否永远留住西班牙古老民俗的文化本真意义？在海明威

---

① ［美］海明威著，赵静男译：《太阳照常升起》，上海译文出版社2000年版，第184页。

的文学文本之外，伴随着世界经济的现代化发展进程，旅游业也越来越发达，有越来越多的游人涌进西班牙观看斗牛这一古老的文化奇观。问题是，当斗牛士的斗牛技艺成为牵动旅游工业的文化奇观时，他是捍卫民族文化本真意义的文化英雄，还是以被看的他者身份换取经济利益的商业化民俗表演者？抑或两者兼而有之？

自从《太阳照常升起》使海明威成为欧美文坛上的著名作家之后，他越来越专注于在自己的文学世界打造罗梅罗式的硬汉英雄：一个带着这样或那样现代伤痛的男人，在远离美国主流社会的权力操控和都市商业文明污染的边缘异域空间中，在打猎、斗牛、钓鱼、拳击、战争等行动中，勇敢地直面一切重压，以自己强有力的生命能量书写出一个又一个硬汉传奇故事，兑现个体生命的主体意义。而海明威本人也人如其书，在现实生活中，将自己打造成一个行走在美国的主流商业文明世界之外的边缘异域空间中，集猎猛兽、钓大鱼、独树一帜的现代叙事技巧和斗牛迷、拳击冠军、战争英雄、情场酷男等诸多现代技艺、角色为一身的美国英雄。然而，由于海明威总是刻意打磨硬汉的男性光晕，在他后来以硬汉为主人公的叙事文本中，硬汉身后原本复杂厚重的现实在硬汉光晕的照耀下却越来越稀薄（詹姆逊称之为 down thin）了。詹姆逊在评价海明威时指出，海明威的男性主人公所从事的打猎、斗牛、钓鱼、战争等技艺“投射出关于人类主动地和无所不包地在技术上参与外部世界的总体意象。关于技术的这种意识形态，清楚地反映出更为普遍的美国劳动状况，在这种状况中，处于疆界开放和阶级结构模糊的语境下的美国男性，从传统上说是按照他所从事不同职业和他拥有技艺的多寡来进行评价的。海明威对男性气概（machismo）的崇拜，正是同美国在第一次世界大战后巨大工业变革相妥协的那种企图：它满足了新教的劳动伦理，同时又颂扬了闲暇；它使趋向于整体性的最深刻、最能赋予生命力的冲动，同只有运动才能使你感到生气勃勃、没有受到伤害的现状调和起来”①。也就是说，海明威在自己的文学文本中，通过塑造在压力下以现代技艺赋予自己的生命以主体意义的硬汉英雄，弥合了传统的男性权威与现代工业化社会对个体生命的异化之间的裂痕。但是，在美国社会的现代化历史进程中，经由海明威的文学文本弥合起来的裂隙始终存在。具体表现为：其一，个体生命的主体自由与工业化社会中劳动的异化之间的冲突是现代社会内部固有的张力，在此意义上，身处这一张力中的海明威式主体英雄总是要面对现代世界“胜者无所得”② 的苍凉与无奈。第一次世界大战后，美国资本主义经济的现代化已经渗透到社会生活实践的各个领域。伴随着经济领域的现代化发展进程，出于技术上和经济上的需要，社会生活越来越趋向于组织化管理与控制。在这样的现代生存语境中，每一个现代人施展个人技艺的职业空间都被纳入资本主义经济的生产管理机制和市场运行机制的支配、控制范围之内，由此形成了社会的统一性操控与个体自由、主体意义之间的现代性悖论。也许，正是因为无力改写这种现代化与人的主体性之间的悖论，海明威才始终与美国主流社会的操控保持疏离姿态，安排他的硬汉英雄在边缘或异域的空间中凭借个人技艺和意志，建构主体生命的尊严和意义。

---

① ［美］弗雷德里克·詹姆逊著，李自修译：《马克思主义与形式——20世纪文学辩证理论》，百花洲文艺出版社1997年版，第349~350页。

② 1933年，海明威出版了一部短篇小说集，题名《胜者无所得》。

其二，海明威式英雄的个人技艺与新教徒的劳动技艺的意义指向是不同的。在前工业化时代，新教徒在新大陆上创造财富的劳动与他们对上帝的信仰是和谐的。他们相信，现实的勤俭劳动与永恒意义的获得是一致的。他们劳动的目的是为了增加财富，置办产业，获得永恒的拯救。因此，传统的劳动伦理指向的是一种趋向上帝的永恒意义。然而，在现代商业消费社会中，除了战争，海明威的硬汉英雄赖以建构主体生命意义的传统技艺，诸如钓鱼、打猎、拳击、斗牛等活动，已经转换为日常消费实践中的休闲运动。当现代人释放被压抑的感性生命冲动的自由和解放必须借助钓鱼、打猎、拳击、斗牛、旅游等休闲运动来表达时，个体的感性自由和解放就又被收编到资本主义的市场、消费运转机制中去了。因此，在海明威的文学文本中，海明威式英雄总是在重压下凭借自己的传统技艺和不屈不挠的斗争来建构自我的主体意义；在文本之外的现实生活实践中，海明威本人则是一个凭借个人声誉和财富（海明威与第二任妻子波琳结婚后即成为富有的文化名人），游走在不同的个人冒险空间中打造自我形象的美国消费文化英雄。不容忽视的是，海明威的小说与他本人的生活体验有着许多相似之处。而在现代消费社会，大众对文学文本的接受不同于学院和研究机构的精英评论家，他们不是以拉开距离的审美判断来欣赏文学文本的，而是在文本中发现与自己的日常生活体验的相关性，并加以应用。在此意义上，大众对海明威文本中的硬汉英雄的接受与现实生活中海明威本人的休闲运动和冒险体验是联系在一起的。阳刚气质、冒险运动，这一切都是摆脱资本主义同一性操控的感性解放文化符码。如此，在大众的接受活动中，海明威笔下的硬汉英雄在重压下通过不妥协的抗争建构起来的主体生命意义，转换成了美国大众体验感性快乐的休闲消费运动；硬汉英雄与主流商业社会保持的疏离姿态，转换成了被资本主义的生产—消费逻辑收编的文化工业。实际上，对杰克和勃莱特等人的个性化时髦消费行为的模仿，与对硬汉们富有阳刚气质的运动形式的模仿，在其共同的大众文化属性上，没有什么根本的差异，区别仅在于感性解放形式和消费领域的不同。正因如此，即使是在海明威去世后，海明威仍然是商家促销旅游文化、餐饮文化和体育休闲运动文化时的广告明星。（详见第三章）

第三，海明威的现代叙事艺术既是一种独树一帜的散文风格，同时又是一种不能适应现代社会的复杂性、变化性的艺术限制。

学界对海明威散文风格的独创性已经形成定评。英国作家赫·欧·贝茨称海明威引发了一场文学革命。我国的海明威研究专家董衡巽先生将海明威的散文风格概括为：其一，简约、质朴的文体。他引用了贝茨的评价，说海明威是个拿着一把板斧的人，“一锤子捣烂了按照花稍（哨）图案描绘的所有作品；随着亨利·詹姆斯复杂曲折的作品而登峰造极的一派文风，被他剥下了句子长、形容词多得要命的华丽外衣；他以谁也不曾有过的勇气把英语中附着于文学的乱毛剪了个干净”①。董先生称海明威的语言艺术为省字惜句，认为他缩短了“作者—形象—读者这三者之间的距离”：

> 在突出形象时尽可能去掉遮掩读者视线的障碍，以达到真切不隔、高度可见性、可触性……艺术效果。由此，我们可以理解，他为什么不用大字眼儿，爱用日常的用语？为什么很少用形容词、副词？为什么喜欢写短句，不爱写长句？为什么他的人物说话从来不作长篇

① ［英］赫·欧·贝茨著，赵少伟译：《海明威的文体风格》，见董衡巽编选《海明威研究》，中国社会科学出版社1980年版，第131页。

大论，对话简洁到有“电文式风格”之称？为什么老用最简单的连接词把并列句联系起来？为什么不用复杂的比喻？为什么不采用拟人化的手法？正是因为他依靠读者的官感和直接的知觉，可以说懂得一点“接受美学”。他不希望读者作抽象的逻辑思考，而叫人费心思考的大字眼儿、老长的句子、复杂的比喻、拟人化……都是阻挡读者视线的触目横枝。只有从这个角度，我们才能理解他那种“《圣经》般简洁的文体”。①

海明威对《永别了，武器》结尾的修改常被学者引用，以说明他净化文体的功夫。海明威自称，在这个结尾定稿前，他修改了39次之多。后来，海明威的传记作者卡洛斯·贝克教授找出了该书定稿前的最后一稿：

卡萨玲好像是一次接着一次出血。医生们没有办法制止。

我走进房去，陪着卡萨玲，直到她死。她一直昏迷不醒，死时并不多耽搁。

还有许多事情，先是头一次同承办殡葬的人见面，办理一大堆在外国殡葬的手续，还有我后来那段生活，这已经开始，好像要延续很长一段时间。

我可以告诉你雷那蒂怎么治好了梅毒，怎么发现战时所学的外科手术在和平时期没有多大实用价值。我可以告诉你我们伙食团的那个神父怎么又在法西斯主义统治下的意大利当神父。我可以告诉你艾陶里怎么成了一个法西斯分子，他在法西斯组织里起的是什么作用。我可以告诉你皮艾尼怎么到纽约去开出租汽车，西蒙斯成了一个什么样的歌手。后来发生的事情很多。这些事情一件一件淡忘了，但地球继续运转。它从不停止。它只为你而停止。有时候你还活着，它就停了

① 董衡巽：《美国现代小说风格》，中国社会科学出版社1997年版，第111页。

一部分。其余部分继续运转，你跟着它转。

我可以告诉你从1918年3月之后我做了一些什么事情。那天晚上我在雨中返回卡萨玲和我下榻的旅馆，我上楼进屋，脱掉衣服终于睡了，因为我非常之疲劳——早晨醒来只见满窗阳光；突然我想起昨天发生的事情。我可以告诉你打那以后的事情。但这篇故事到此结束。①

这部小说的结尾主要表现主人公亨利在凯瑟琳死后的情绪反应。从上面的写法来看，围绕着主人公的情绪反应伸展、缠绕了很多枝蔓。在最后定稿时，海明威挥动他的“板斧”将这些枝蔓砍掉了：

看来她是一次又一次地出血。他们没法止住它。我走进房间同凯瑟琳待在一起，直到她死去。她始终昏迷不醒，没有挨多久她就死了。

在房门外过道里，我对医生说，“今晚有什么我能做的事吗？”

“没有。没有事情要做了。我能送你回旅馆吗？”

“不，谢谢你，我要在这儿待会儿。”

“我知道这是没什么可说的。我没法告诉你——”

“不，”我说。“这是没什么可说的。”

“晚安，”他说。“我不能送你回旅馆去吗？”

“不，谢谢你。”

“那是唯一可行的措施，”他说。“手术证明——”

“我不想谈这事，”我说。

“我愿意送你回旅馆去。”

“不，谢谢你。”

---

①［美］卡洛斯·贝克著，董衡巽译：《欧那斯特·海明威：四大小说的批评》，见董衡巽《美国现代小说风格》，中国社会科学出版社1997年版，第107～108页。

他从过道走了。我走到房间门口。

"你现在不能进去，"一个护士说。

"不，我能。"我说。

"你还不能进去。"

"你给我走开，"我说。"另一个也走开。"

但是等我把她们赶走以后，关上房门，拧熄了电灯，并没有丝毫用处。这好像是在向一尊塑像告别。过了一会儿，我走出房间，离开医院，冒着大雨走回旅馆去。①

与前一稿相比，修改后的结尾更能凸显海明威干净、洗练的文风：第一，原稿中缠绕在亨利情绪上的枝蔓被砍掉了。第二，用对话代替叙述。在前一稿中，大多数时候，亨利是不在场的叙述者，与在场的情绪拉开了距离。在定稿中，亨利始终是在场者，通过他的言语和动作，读者可以直接感受他的悲伤情绪。第三，以亨利在雨中走回旅馆结束，去掉了前一稿中的后事交代，为读者的想象留下了空间。

其二，凝练含蓄的"冰山原则"。"冰山原则"是海明威在《死在午后》中提出来的。他写道：

如果一名散文作家对于他写的内容有足够的了解，他也许会省略他懂的东西，而读者还是会对那些东西有强烈的感觉的，仿佛作家已经点明了一样，如果他是非常真实地写作的话。一座冰山的仪态之所以庄严，是因为它只有八分之一露出水面。②

① ［美］海明威著，汤永宽译：《永别了，武器》，浙江文艺出版社 1992 年版，第 285 ~286 页。

② ［美］海明威著，金绍禹译：《死在午后》，上海译文出版社 1999 年版，第 193 页。

毋庸置疑，海明威的艺术话语是一种伟大的艺术创造。实际上，对于第一次世界大战后集聚在巴黎的现代艺术家来说，赋予艺术以某种神圣的拯救意义，以对抗资本主义的物化现实和人性异化，此乃他们的共同追求。正是在此意义上，阿多诺给现代艺术下了一个著名的定义："艺术是对社会的否定的认识"，也就是说，"艺术既是自律的整体又是社会的事实"。[①] 阿多诺所谓艺术的自律性是指艺术日益独立于社会的特性，所谓艺术的社会性是指艺术站在社会的对立面，保持批判的立场。他认为，艺术只有走向一种反艺术的艺术，才能反抗资本主义的同一性对人性的异化。因此，阿多诺特别推崇由外部世界转向内心世界，转向风格破碎、陌生、艰涩和审丑的现代主义艺术，为现代主义艺术辩护。在异化成为普遍现象的现代工业社会，现代艺术存在的使命是担当起拯救的责任。因此，现代主义艺术家堪称现代社会最后一批具有英雄主义精神气质的艺术家。但是，当他们将自己定位为反资本主义现代化、反工具理性的现代启蒙英雄，并以形式荒诞、破碎、陌生、艰涩和审丑的现代主义艺术对被文化工业操控、欺骗的大众启蒙时，他们的拯救意图却很难为大众接受。像阿多诺推崇的卡夫卡、乔伊斯、勋伯格等现代主义艺术家的艺术影响仅局限在一个文化精英的小圈子里。

海明威的艺术话语与现代主义艺术有很多相通之处。例如，与工业化社会疏离的写作立场，宗教般虔诚的艺术态度等。但是，与文本世界向内转、艺术风格艰涩难懂的现代主义作家不同的是，海

---

① ［德］阿多诺著，王柯平译：《美学理论》，四川人民出版社1998年版，第385页。

明威的艺术话语既没有艾略特、乔伊斯的渊博学识，普鲁斯特、弗吉尼亚的细腻、微妙的诗性传达，也没有卡夫卡式的荒诞想象，正如伯吉斯所指出的："他把叙事散文打造成剥去知性和空想的具体媒介，适合承载所谓的海明威英雄——强悍、坚毅、受苦，展现出海明威式的勇气，那种'压力下的风范'。"① 伯吉斯的评价道出了海明威艺术话语的双重性：一方面，海明威的叙事风格是一种伟大的艺术创造；另一方面这种伟大的艺术独创又是一种反知性、反空想的艺术媒介，长于表现硬汉子的行动技艺和外部生活体验，拙于装载现代生活的复杂构成和人性的丰富多样性。正是在此意义上，詹姆逊称海明威的文学文本中"最深刻的题材只是书写某种类型的语句，只是某种确定文体的实践"②。董衡巽先生也认为："海明威是一个重复自己的小说家。他笔下的版图不小，从美国写到法国、意大利，从南美洲写到非洲，然而他的世界却不大，他始终没有超越自己的精神经历。他每一部作品几乎都是拔高了的自传。他新颖的小说作法，包括最有特色的对话，一经固定就成了风格化的模式。"③ 因此，海明威越是以宗教般的虔诚来坚守他自己的艺术话语，他的艺术话语与越来越趋向于变幻复杂的现实世界之间的裂隙就越来越大。最后，在写作了一部寓言式的《老人与海》后，他就只有靠撰写回忆录《不固定的圣节》来修补、完善自己的伟大艺术家形象了。当他再也无力从事他的艺术拯救事业时，一声响亮的告

① ［英］安东尼·伯吉斯著，余光照译：《海明威》前言，百家出版社 2001 年版，第 i 页。

② ［美］弗雷德里克·詹姆逊著，李自修译：《马克思主义与形式——20 世纪文学辩证理论》，百花洲文艺出版社 1997 年版，第 347 页。

③ 董衡巽：《海明威的启示》，见［美］海明威著，汤永宽等译《永别了，武器》，浙江文艺出版社 1992 年版，第 438 页。

别，也许是海明威所能找到的最后的、唯一的艺术修辞。正如英国人保罗·约翰逊指出的："海明威是一个被自己的艺术杀死的人，而他的一生所留下的教训，所有的知识分子都值得借鉴：仅有艺术是不够的。"① 或许，还可以说，对于错综复杂的现代性甚至后现代性而言，仅有一种艺术的话语、权力的话语、知识的话语、伦理的话语等，都是不够的。

① ［英］保罗·约翰逊著，杨正润等译：《知识分子》，江苏人民出版社 2000 年版，第 219 页。

第二章
美国化的边缘与异域叙事

20 世纪 20 年代结束时，逃避国内的商业文明、自我流放到巴黎寻求艺术拯救的美国作家都陆续回归家乡。考利在《流放者的归来》一书中将这一现象称作“疏远离间和重新结合”。他用了一个十分形象的比喻来描述 20 世纪 20 年代的美国作家与美国主流文化的关系：“一代美国作家出走到世界中去，就像格林童话中的孩子们从后娘身边逃走一样。他们多年在外寻求宝物，然后他们像长大了的孩子们一样，回到家里来挖掘宝藏。但是生活中的故事并不如此简单，而且也没有童话中的大团圆结局。也许真的有宝藏；也许它就一直埋藏在他们父亲的花园里，但是流放者们没有在花园里找到。他们只找到别人在寻找的东西：最适合他们去做的工作和需要他们去抚养教育的家室子女。冒险生涯结束了，他们又成了平凡生活的一部分。”① 与重新结合定居到美国主流社会中去的流放作家相比，海明威似乎是一个例外。自从 1921 年与哈德莉一起离开家

---

① ［美］马尔科姆·考利著，张承谟译：《流放者的归来——二十年代的文学流浪生涯》，上海外语教育出版社 1996 年版，第 257 页。

乡前往巴黎寻求文学之梦以来，他再也不曾回到他的家乡橡树园镇。1927 年，海明威与富家女波琳结婚，永远告别了拮据的经济状况。从此以后，海明威以一个不必为稻粱谋的著名美国作家的身份，或者选择在异国他乡居留旅行，或者在远离美国商业都市文明的边远地区生活，并将自己身处异域或边缘空间的丰富生活体验转换为文学叙事内容：他多次去西班牙看斗牛，并于 1937—1938 年间以记者身份参加了西班牙内战，关于西班牙斗牛的专著《死在午后》(1932)、剧本《第五纵队》(1938)、长篇小说《丧钟为谁而鸣》(1940)、《危险的夏天》(1985) 就是在此基础上创作出来的；他先后于 1933—1934 年间和 1953—1954 年间两度去非洲打猎，并将自己的追猎体验记录下来，出版了《非洲的青山》(1935) 一书，创作了著名的短篇小说《乞力马扎罗的雪》(1936) 和《弗朗西斯·麦康伯短促的幸福生活》(1936)；他在意大利战场上的体验和战后去意大利打野鸭的生活促成了长篇小说《过河入林》(1950)；在古巴的钓鱼体验则是他写作《老人与海》(1952) 的生活源泉。从表面看，不管是海明威本人的生活状态，还是他的文学书写活动，一直都与美国的主流商业文明保持了一种疏离关系，而更多的与现代都市文明之外的边缘空间、大自然、异质文化紧密相连。因此，到了 20 世纪八九十年代，当少数人关于话语、身份批评、生态主义等文化多元主义论调在美国学术界弹起的时候，就有论者开始挖掘海明威创作中的生态伦理关怀和文化多元主义思想。1999 年，爱达荷大学出版了海明威研究论文集《海明威与自然世界》。① 从文集收入的论文来看，著者的研究视角可谓是丰富多元，

① Robert Fleming, *Hemingway and the Natural World*, University of Idaho Press, 1999.

涉及文化原始主义、生态伦理、生态女性主义等。美国西佛罗里达州立大学的西班牙语教授艾伦·约瑟夫（Allen Josephs）一直致力于研究海明威的创作与西班牙文化的关系，他在其论文《海明威的西班牙情感》中则称海明威是“文化多元主义者（multiculturalist）的开路先锋、原女性主义者（proto feminist），而且，他早在我们之前就是一个身体力行的生态主义者了（ecologist）”①。毋庸置疑，相对于美国的现代都市文明而言，海明威的文学叙事的确是在边缘的、多元的文化空间中展开的，其文本涉及美国的商业消费文化与原始文化、白人主流文化与印第安文化、现代人与大自然、男性与女性等诸多生态主义者、文化多元主义者关注的焦点问题。但是，如果仅以此为依据就给海明威冠名“文化多元主义者”“原女性主义者”“生态主义者”，似乎有携着经典作家追赶理论潮头之嫌。笔者认为，文化多元主义理论和生态伦理关怀为我们解读海明威的文本开启了新的批评视野，但是，我们不能因此就将海明威本人的文化立场和伦理思想划归某种时尚的主义。

爱德华·萨义德在对欧洲文化中的东方话语建构进行研究时指出：“任何以及所有的表述，因其是表述，都首先受表述者所使用的语言，其次受表述者所属的文化、机构和政治氛围的制约。”在此意义上，他认为欧洲的“东方学家向他自己的社会所提供的东方形象（1）打上了他自己的独特烙印，（2）表明了他对东方可以是什么样、应该是什么样的看法，（3）有意识地与别人对东方的看法不一样，（4）为东方学话语提供彼时彼刻最需要的东西，以及

---

① ［美］艾伦·约瑟夫：《海明威的西班牙情感》，见［美］唐纳森编《厄内斯特·海明威》（英文版），上海外语教育出版社2000年版，第241页。

(5) 与这一时代的特定文化、学术、民族、政治和经济要求相适应"[①]。萨义德对西方世界的东方话语的分析为笔者解读海明威的边缘和异域文学书写提供了有益的启示：海明威是在怎样的社会语境下以怎样的身份介入美国主流文化空间之外的边缘和异域的文化空间中去的？在边缘和异域的文化空间中，海明威本人以怎样的姿态面对异质文化，其价值取向是什么？海明威的边缘和异域文学书写讲述的是谁的故事，以怎样的方式讲述？海明威的边缘和异域文学书写在其现代小说美学建构中有怎样的意义，在美国的大众接受语境中产生了怎样的影响？对上述问题的思考，将有助于我们更深入地理解海明威在美国社会现代化发展进程中的边缘和异域文学书写活动的复杂性及其现代小说美学的内部张力。

一、现代世界的伤痛与海明威的印第安故事

海明威的父亲在瓦隆湖畔有一所别墅，海明威小时候和青少年时代在那里度过暑天。海明威经常与住在别墅附近的印第安人接触，并把他们写进自己的早期作品中。1916 年，读高中的海明威在橡树园中学的文学杂志《书写板》上发表了自己的第一篇故事《自然神的裁决》。这是一个关于印第安人的故事，讲述的是一个叫比尔的印第安人认为他的白人朋友偷了他的钱包，于是在朋友经常往来的林中道路上设了一个陷阱，企图报复他。后来他发现自己的钱包并不是被白人朋友偷走，而是被松鼠拽走了，便飞奔前往陷阱

① ［美］爱德华·W. 萨义德著，王宇根译：《东方学》，生活·读书·新知三联书店 1999 年版，第 350 页。

处搭救他的白人朋友。可是等他赶到时，一切已经太迟了：血迹斑斑的雪地上，留下了一串恶狼的脚印；两只像中世纪民歌里唱到的那种大渡鸦正在啄食他朋友残骸上的肉。比尔后悔莫及，纵身跳下捕熊的陷阱。这就是印第安人所信仰的自然神对不信任朋友的人的裁决。虽然这个短篇故事只是少年海明威的一篇文学习作，但是故事中所表现的印第安人在白人控制的现代世界里的生存状况，自然信仰与文明理性的冲突都透视出了一种令人震撼的悲剧性力量。少年时代对印第安人的生活以及白人与印第安人关系的观察和悲剧性感悟，成为海明威早期文学创作的一个重要组成部分。

在海明威的早期作品中，涉及印第安人生活的有：收入1925年出版的短篇小说集《在我们的时代里》中的《印第安人营地》《医生与医生太太》，收入1927年出版的短篇小说集《没有女人的男人》中的《十个印第安人》《我躺下》，收入1933年出版的短篇小说集《胜者无所得》中的《怀俄明葡萄酒》《两代父子》；在海明威研究专家菲利普·扬于1972年编选出版的《尼克·亚当斯故事集》中，上面提到的六部短篇除了《怀俄明葡萄酒》之外，其余五部都收入其中，另外又增加了《印第安人搬走了》和《最后一方净土》。除了上述短篇小说，1926年出版的戏仿小说《春潮》是海明威创作的唯一一部与印第安人有关的长篇小说。总括上述作品，这些与印第安人生活有关的故事在文学叙事和思想内涵上都呈现出一些共同特性：

首先，海明威笔下的印第安故事揭示出在美国社会的现代化发展进程中，土著印第安人被美国白人主流社会剥夺、异化的边缘生存境遇。在海明威自己编选的短篇小说集《在我们的时代里》，开篇的故事就是《印第安人营地》。小说叙述了尼克跟随他的父亲和乔治叔叔，坐船去印第安人营地出急诊的故事。尼克的父亲成功地为一位难产的印第安妇女做了剖腹手术，但是，当新生儿来到这个世界时，他的父亲用剃刀割破喉管自杀了。这个结果令尼克的父亲感到十分沮丧。这篇小说的叙事结构十分耐人寻味。故事的开篇是这样写的："又一条划船拉上了湖岸。两个印第安人站在湖边等待着。"在海明威那烙有白人种族记忆的文化心理结构中，这一场景描写似乎与尼克的先祖在北美登陆的历史场景相合。1620年，白人清教徒乘着"五月花"号来到北美大陆，凭借他们的强力和先进武器，最终将这块大陆上的土著印第安人赶进了"保护区"，并在他们的土地上建立了自己的国家。近300年后，印第安人于1924年在白人统治的美国获得了美国法律承认的合法公民身份。表面看来，对印第安人身份合法化的认可似乎证明了美国现代民主政治的多元包容性，但是事实上，多元包容的民主政治胜利的另一面是对印第安人的民族性生存权利的剥夺和异化。从海明威的另一短篇《印第安人搬走了》中，我们可以看到印第安人被迫从自己的土地上搬走的过程。海明威写道：

> 印第安人没有发迹的。从前有——那是拥有和经营农场的老印第安人，他们又老又胖，有许多子女和儿孙。像住在霍顿斯湾经营一个大农场的西蒙·格林这样的印第安人。不过，西蒙·格林死了，他的子女已经卖掉农场，分了钱款，到别处去了。①

海明威的文学叙事对应的是19世纪末20世纪初美国政府强行实施《道斯法案》(1887)和《伯克法案》(1906)，使得印第安人

---

① ［美］海明威著，董衡巽译：《印第安人搬走了》，见［美］海明威著，董衡巽等译《老人与海》，漓江出版社1987年版，第25页。

失去公有的“保护区土地”的历史过程。一些自称为“印第安之友”的白人“开明人士”和贪得无厌的地产商积极支持美国政府实施《道斯法案》和《伯克法案》，强行在印第安部落成员之间分配原来公有的保护区土地。由于这一政策的推行，印第安人失去了9000万英亩的土地，一些印第安部落的社会结构慢慢解体，习惯于群居的印第安人不得不尝试一种以家庭为单位的农耕生活，成为海明威所说的拥有和经营农场的人。印第安人名义上获得了受美国法律保护的个体生存权益，但是在推崇占有性个人主义和工具理性的现代商业社会中，信仰自然和谐与部落集体利益的印第安人无一能在商业竞争中取得成功，最终就像西蒙·格林的后代们一样，先是卖掉土地，后又在商业经营中亏了本，最终他们就只有搬走了。陆建德先生在论及现代美国社会中被合法化的圈定在“保护区”里的印第安文化时指出：“失去了原有的生活方式和部落集体的依凭，印第安文化奄奄一息。”①

在海明威的小说中，印第安人在美国白人控制的现代社会中奄奄一息的生存状态呈现为：他们再也不能自由地使用曾经属于他们的土地，一切有利可图的现代生计均将他们拒之门外。他们或者在白人监管的工厂里，光着身子，小声哼着部落里的劳动号子出卖体力，出厂时要被搜身（《春潮》）；或者在林地里以为白人砍伐树木、剥树皮为生（《印第安人营地》《医生与医生太太》）；或者到白人居住区叫卖山上采摘的野莓和自编的篮子糊口（《印第安人搬走了》《最后一方净土》）。他们居住的简陋的棚屋里，散发着一股

① 陆建德：《破碎思想体系的残编——英美文学与思想史论稿》，北京大学出版社2001年版，第341页。

难闻的气味。他们的身体和方方面面的尊严都处在白人权威的掌控之中。在《印第安人营地》中，印第安男人在砍伐树木时受了伤，虚弱无力地躺在床上，无力保护他的妻子免受痛苦的折磨。在虚弱无力的印第安人面前，尼克的父亲则是一个代表着现代科学理性权威的白人，他以自己出色的技术和坚强的意志，在没有麻醉药的情况下，用一把印第安人砍柴用的大折刀成功地为产妇做了剖腹手术，使印第安男婴得以顺利诞生。在这个故事中，一白一红、一强一弱的两个父亲形象形成了鲜明的对比，并构成了一种表面看来是保护与被保护，实际上却是控制与被控制的关系。在白人政府为印第安人圈定的营地里，如果没有与白人医生共在的现代科学理性提供的生存保障，印第安妇女的生命、印第安男婴的诞生都无从谈起。问题是，当一个种族的生存完全受制于另一个富有权威力量的民族的保护和控制时，这个种族的民族主体性焉存？

第二，在海明威的小说中，印第安人的故事是以不完整的、片段的形式，与密执安北部的森林、湖畔一起出现在尼克从少年到成年的成长背景中。将这些不完整的、片段的印第安人故事放入海明威的创作整体中来考察，它们构成了一个具有多层次内涵的隐喻：或者作为白人主人公自我审视的参照，指向前工业社会的自然和谐生活及其在现代化发展进程中的失落与伤痛；或者作为反讽的媒介，指涉美国现代文明社会中的暴力、冲突等不和谐因素。

在《两代父子》中，已经 38 岁的尼克带儿子一起去打飞鸟，回忆起从前在家乡度过的美好时光。在尼克的记忆里，父亲那魁伟的身躯，雄鹰一般的好眼神，打猎、钓鱼时的好身手让他终生都为之感到自豪。而在现实生活中，海明威本人对他父亲的健康体魄，打猎、钓鱼等户外运动中的好身手也十分佩服。或许，这也是他一生都迷恋男性气概的原因之一。令尼克最难以忘怀的是，他和印第安姑娘特萝迪在印第安人营地后面的青松林里获得的第一次性经验：

……那种不安，那种亲热，那种甜蜜，那种滋润，那种温存，那种体贴，那种刺激？能讲那种无限圆满、无限完美的境界，那种没有穷尽的、永远没有穷尽的、永远永远也不会有穷尽的境界？可是这些突然一下子都结束了，眼看一只大鸟就像暮色苍茫中的猫头鹰一样飞走了——只是树林子里还是一派天光，留下了许多松针还粘在肚子上。真是刻骨难忘啊，以后你每到一个地方，只要那儿住过印第安人，你就嗅得出他们留下过踪迹，空药瓶的气味再浓，嗡嗡的苍蝇再多，也压不倒那种香草的气息，那种烟火的气息，还有那另外一种新剥貂皮似的气息。即便听到了挖苦印第安人的玩笑话，看到了苍老干枯的印第安老婆子，这种感觉也不会改变。也不怕他们身上渐渐带上了一股令人作呕的香味。也不管他们最后干上了什么营生。他们的归宿如何并不重要。反正他们的结局全都是一样。当年还不错。眼下可不行了。①

美国的海明威研究专家皮特·海斯指出：“在海明威看来，印第安人意味着在瓦隆湖畔度过的无忧无虑的少年时代，户外的自由生活，没有压抑的、开放的性行为，不管这一切是真实的还是想象的。”② 也就是说，在海明威的个人回忆和文学想象中，在某种特定的情境下，印第安人指涉的是一种在现代社会中不能再现的自然和谐的生活状态和永恒的、超现实的审美召唤。

---

① ［美］海明威著，蔡慧译：《两代父子》，见［美］海明威著，陈良廷等译《短篇小说全集》上册，上海译文出版社 1999 年版，第 562~563 页。

② Peter L. Hays, "Hemingway's Use of a Natural Resource: Indians", from Robert Fleming, *Hemingway and the Natural World*, University of Idaho Press, 1999, p. 52.

但是，在现实层面上，印第安人代表着现代社会的混乱、暴力与邪恶，以及尼克在不和谐的现代社会中的一切挫伤性体验。海明威本人在编选短篇小说集《在我们的时代里》时，曾经在第一个故事《印第安人营地》之前加了一个序曲，后来在出版时又将其删掉了。菲利普·扬在编选《尼克·亚当斯故事集》时，将这个序曲加了进去。国内的海明威研究专家董衡巽先生将这个序曲译作《三声枪响》。这个大约只有两千字的序曲叙述的是少年尼克内心世界中未名的恐惧感：尼克跟随父亲和乔治叔叔去钓鱼。晚上，父亲和叔叔去钓鱼，尼克一个人留在营地的帐篷里。想起“银线迟早会断”这句丧葬时唱的赞美诗，想到他自己总有死的一天，尼克越来越害怕。按照与父亲的约定，遇上紧急情况时尼克可以打三枪，父亲和叔叔听到枪响后就会回到营地。于是，尼克打了三枪。第二天早晨，父亲发现昨夜令尼克害怕的声音是由两棵大树交错碰撞发出的，他将这一发现告诉尼克，尼克不再惧怕。第二天晚上，尼克跟随父亲一起去钓鱼。这个被删掉的序曲似乎表明，尼克只有直面“我们的时代里”包括印第安人的失败在内的一切可能的混乱、暴力与邪恶，才能够摆脱自己的天真、幼稚和莫名的恐惧感，带着现代世界的伤痛成长起来。在此意义上，这个序曲为尼克，也为海明威本人拉开了审视美国现代社会中的种种悲剧性冲突因素的序幕。

很显然，在《印第安人营地》中，尼克跟随父亲去印第安人营地出诊时的所见所感，来自海明威本人早年生活中对印第安人与白人、原始情感与现代理性之间的矛盾冲突关系的悲剧性体悟。医生作为白人和现代理性的代表，进入肮脏、混乱的印第安人营地。他以坚强的意志、出色的技术和高度的人道主义责任感为印第安女人解除了难产的痛苦，使印第安人的后代得以诞生。手术成功后，医生得意扬扬地声称自己用大折刀做的这个手术可以上医药杂志，乔治也称赞他是个了不起的人物。但就在白人医生陶醉于自己创造的现代医学神话，并期望刚刚被自己从痛苦中解救出来的印第安女人的丈夫也会和自己一样得意，或许医生还期望印第安男人会对自己感激不尽时，事情的发展完全背离了医生的理性逻辑指向。印第安男人非但没有高兴起来并对救死扶伤的医生感恩戴德，反倒用剃刀将自己的喉管自两耳之间都割断了。面对这一不合理性的惨烈现实，医生刚刚兑现的理性权威快感、救世主般的英雄豪情，顿时都化作了心头的一团懊恼和沮丧。印第安男人为何自杀？海明威将原因留在了八分之七的潜文本中。然而，接下来尼克和父亲之间的对话，为读者解读小说的潜文本留下了点睛之笔："死，难不难？爸爸？""不，我想死是很容易的吧。尼克。要看情况。"这段对话表明，经历了自己的现代理性权威力量与印第安人的自然原始情感的悲剧性碰撞后，在现代社会中，是否能找到一种能够弥合伤痛、战胜死亡的力量，医生对此感到茫然。小说中还有一个值得注意的细节，那就是在开端的叙述中，少年尼克是依偎在父亲的胳膊里的，在目睹了印第安男人自杀的惨烈场面后，在返程中，尼克独自坐在船艄，开始思考生命与死亡的问题。海明威似乎是在向读者暗示，正是在见证了生命的创伤和死亡之后，尼克才得以在现实社会中完成了建构自我的成人仪式。

与《印第安人营地》相比，《医生和医生太太》所揭示的矛盾冲突则更为复杂。小说叙述的核心内容是医生的受辱。医生叫印第安人营地里的混血儿狄克带他的儿子和另一个印第安人为他锯木料。狄克指出这些木料是偷的，医生十分生气，不要他们锯了。印第安人离开后，医生太太问他们为什么吵架，医生解释说："我治好了他老婆的肺炎，狄克欠了我好多钱，我看他是想吵一架，就不用给我干活还债了。”① 医生太太不相信医生的解释，医生悻悻地走开去找尼克。这部小说中的冲突包括以下几个方面：其一，在权力和地位方面处于弱势的印第安人狄克对白人医生权威地位的挑衅。在这组冲突关系中，狄克不遵守白人的秩序规则，拖欠医生的医疗费；在英语的世界坚持使用本民族的语言，当着医生的面与同来的印第安人用奥吉勃威语交谈；消解白人的道德尊严，指出医生的木料是偷来的，并当场确认木料的主人不是医生；向白人男性的主体力量挑战，自恃身体强壮，对医生的强力威胁毫不示弱。结果是，受挫的医生只得窝着一肚子气走开。其二，医生的现实理性与太太天真的基督教理想之间的冲突。医生太太不肯相信医生对于狄克不肯锯木料的解释，不相信有人会有意这样做，并且十分自信地规劝丈夫“治服己心的，强如取城”。其三，医生的自我价值错位而导致的内心冲突。一方面，面对没有教养的印第安人，他自恃是有教养的文明人；另一方面，在占有式的个人主义价值观的驱使下，他又很不体面地将别人的木料据为己有，因此陷入一种道德上的尴尬境地。一方面，他自认为权力和地位都高于印第安人；另一方面，他身体方面的弱势又不能与印第安人孔武有力的身体抗衡，只能带着失落和愤懑的情绪将手里的枪摆弄来摆弄去。围绕着医生的受辱体验而展开的多层次冲突表明，在海明威的早期小说中，印第安人的自然原始文化与白人文明世界的冲突只是美国现代社会中的不和谐因素之一，除此之外，现代世界中还存在着由这样或那样

① ［美］海明威著，董衡巽译：《医生和医生太太》，见［美］海明威著，董衡巽等译《老人与海》，漓江出版社1987年版，第15页。

的冲突而导致的混乱、暴力与邪恶。在此意义上，不管是少年尼克，还是其他的白人个体或印第安人个体，都不可避免地要受到这样或那样的伤害，没有人能够幸免。正如皮特·海斯所指出的："少年时代在美国社会中所遭遇的挫伤体验贯穿在海明威的所有小说中。在这一连串的失败体验面前，回归自然和原始的浪漫颂歌消失了，而且永远也不可能再现。"①

第三，海明威在早期小说中，通过叙述印第安人在美国现代社会中的生存境遇，嘲讽美国文学中逃避现实、回归原始的浪漫感伤倾向。

19 世纪末 20 世纪初，美国社会由农业型向工业化、城市化的现代商业消费社会转型，由此导致传统的田园生活方式崩溃和个人在现代社会中的自我认同危机。反映在某些文学艺术作品中，出现了一种反现代化、回归田野的文化原始主义倾向。在西方文学艺术发展史上，文化原始主义倾向可以追溯到 18 世纪欧洲的卢梭。卢梭针对欧洲文明的堕落，倡导将被文明熏染的孩子和洗刷文明污染的洗澡水一起倒掉，回归自然，做自然界中"高贵的野蛮人"。所谓"高贵的野蛮人"，是指没有被现代文明腐蚀、败坏的人。19 世纪末期，卢梭倡导的原始主义文化运动在反对都市化和工业制度的现代文学艺术作品中又获得了新生。对现代主义文学艺术反对异化、倡导艺术自由的美学原则，海明威并不是一概排斥，他要嘲讽的是安德森代表的那种多愁善感与矫揉造作的原始主义追求。

舍伍德·安德森（Sherwood Anderson，1876—1941）可以说是

① Peter L. Hays, "Hemingway's Use of a Natural Resource: Indians", from Robert Fleming, *Hemingway and the Natural World*, University of Idaho Press, 1999, p. 52.

海明威步入美国文坛的第一位引路人。海明威于1920年在芝加哥结识安德森。其时，安德森已经发表了《小城畸人》（1919年，原名直译为《俄亥俄州温士堡镇》，吴岩译为《小城畸人》，上海译文出版社1983年版），奠定了他在美国文坛上的至上地位。安德森在小说中描述了美国中西部小城居民过的那种畸形生活。他笔下的人物不能适应新时代的生活变化，个人心灵在现代社会中受到压抑和扭曲。安德森成名后，追随当时在美国文坛走红的弗洛伊德主义和劳伦斯的性解放主张，于1925年发表了长篇小说《黑色的笑声》（*Dark Laugh*）。这部小说模仿劳伦斯的性解放主题，表现白人的性生活不如黑人的健康。皮特·海斯认为："实际上，在《黑色的笑声》中，安德森重复了20世纪多数白人作家都关注的一个问题，那就是盎格鲁·撒克逊白人脱离大自然，压抑自己的真实感情的生存状况。他附和着文化原始主义者的多愁善感，认为其他种族的生活更接近自然，更忠实于自己的内心情感，并因此拥有更多的生活乐趣。"① 安德森的小说发表后，海明威于同年感恩节前一周（1925年11月20日至26日）一口气写出了一部戏仿小说《春潮》，以嘲讽安德森的文风和压抑扭曲的白人见了印第安裸体女人就怦然而起性冲动的原始主义。

海明威在《春潮》中也塑造了一个在现代社会受伤的美国白人形象——青年瑜伽·约翰逊。瑜伽参加过第一次世界大战。他在巴黎度假期间，曾经与一位美女有过一次美好的艳遇。事后美女告诉他永不再见。瑜伽却把这次偶然的艳遇当成了异国他乡遭遇的浪漫

① Peter L. Hays, "Hemingway's Use of a Natural Resource: Indians", from Robert Fleming, *Hemingway and the Natural World*, University of Idaho Press, 1999, p. 52.

爱情。他到处寻觅，期望能再次与他的美人相见。在离开巴黎的最后一夜，绝望的瑜伽付了钱，导游带他去了一座旧的大厦。在那里，他看到了他心仪的美女正在和一位英国军官表演收费很贵的成人秀。结果，瑜伽再也不想要女人了。他将性挫伤的原因归咎于第一次世界大战，归咎于普遍的道德败坏，归咎于年轻的一代。瑜伽的浪漫幻想及性挫伤让人联想到《太阳照常升起》中的科恩和杰克。勃莱特曾经一度逢场作戏地与犹太青年科恩去圣塞瓦斯蒂安约会度假，科恩却因此就认认真真地扮演起了忠于爱情的浪漫骑士。他总是追随在勃莱特周围，并对追求她的其他男性大打出手，因此遭到勃莱特的鄙视和其他白人男性的嘲讽。《太阳照常升起》与《春潮》写作于同一时期，很显然，海明威在这两部小说中，对过时了的浪漫幻想的嘲讽态度是一致的。在现实中，他的叙述人杰克则清醒地意识到自己的性机能创伤的不可痊愈性，始终面对自己的创痛，面对不再贞洁的新女性勃莱特，在不和谐的现代生活中建构自我生命的意义。相比之下，《春潮》中对瑜伽的性创伤痊愈过程的描写就透露出浓厚的嘲讽意味。在小说的第十四章，当裸体印第安女人走进小饭馆时，瑜伽觉得：

> 有什么东西啪的断裂了。他产生了一种新的感受。一种他原以为已经一去不复返的感受。一去不会再来了。失去了。永远消逝了。他这才明白这是种错觉，他如今没问题了。……他现在明白了。他差一点把生活弄得一团糟。杀害自己。现在让春天来吧。让它来吧。来得再快也不为过。让春天来吧。他做好准备了。①

---

① ［美］海明威著，吴劳译：《春潮·老人与海》，上海译文出版社2000年版，第112页。

此时此刻，第一次世界大战的创伤，时代的道德败坏，“迷惘的一代”的自我错位，在印第安女人引爆的原始生命力面前都消失得无影无踪。性趣盎然的瑜伽脱掉衣服，脱掉现代文明的压抑，赤身裸体地跟随着印第安女人投入到还是冰封时节的大自然中，追求自由和解放。

海明威的《春潮》出版后，并没有引起评论界的重视。直到20世纪八九十年代，人们才开始认真对待《春潮》。唐纳德·琼金斯于北达科他州立大学出版的《北达科他季刊》1996年夏季号上发表了长篇论文《“哦，放这鸟儿一马吧”：海明威的〈春潮〉中的自然与诋毁》。琼金斯提出了两个论点：一、《春潮》是一部批评现代主义的诙谐作品；二、海明威认为有责任把它发表。琼金斯认为，海明威不仅嘲笑了安德森的矫揉造作，“同时嘲讽了‘现代派’的新浪漫主义的虚无主义（个人失落感、在一个毫无意义的宇宙中的异化感、原始主义的异国情调、对打破偶像行为的崇拜、对异国他乡的迷恋成瘾）以及试验性的现代派文学中矫揉造作的卖弄：外文引语、借用的故作典雅的词句、程式化的暗示”①。琼金斯的评价将海明威与崇尚文化原始主义的某些现代派文学区别开来。

事实上，海明威对安德森和现代派文学矫揉造作的原始主义文学姿态的嘲讽与20世纪20年代美国的种族政治是联系在一起的。20世纪初，美国法律相继认可黑人、印第安人享有与白人一样的公民权益，美国政治向着多元开放的现代民主政治迈进。但

---

① 吴劳：《六天写就的精品　六十年后才获真赏》，见［美］海明威著，吴劳译《春潮·老人与海》中译本序言，上海译文出版社2000年版，第9页。

是，在现实生活中，大多数白人在文化心理上仍然对少数族裔存有根深蒂固的偏见，这种偏见阻碍着人们平等地对待少数族裔。有些人认为黑人和印第安人不像白人那样勤奋、讲究道德，并坚持认为有色人种在心理上不稳定，缺乏责任心，因此无权在职业、政府以及最重要的社交中与白人享有同等的地位。而在海明威的小说中，虽然他不否认印第安人的痛苦和失败更多的是由其他因素导致的，但他也经常借用白人主流文化中的对有色人种的套话去描绘印第安人的生活，将他们与混乱、懒惰、放纵、道德责任感匮乏等联系在一起，并把这些不良习性归于他们的情感和自然原始、缺乏理性的生活方式。例如，《十个印第安人》中描写说，在独立纪念日庆祝活动中，尼克搭乔·加纳的马车回家，一路上碰到了九个醉卧在车辙里的印第安人。第十个印第安人是尼克的女朋友普罗登斯·米切尔。尼克虽然喜欢普罗登斯，在白人间却拒绝承认自己有一个印第安女朋友。回到家后，尼克的父亲告诉他白天曾看到弗兰克与普罗登斯在树林里搞在一起。尼克痛苦得心都碎了。这个故事里的印第安男人全都喝得烂醉，印第安女人则放荡、不忠于爱情。在《怀俄明葡萄酒》中，方丹太太的儿媳是个印第安女人，体重225磅，不干活，不煮饭，不能生孩子，嘴里还老是挂着“狗娘养的”之类的粗话。方丹太太对这个懒惰、放纵、粗俗的印第安儿媳十分不满。在《最后一方净土》中，海明威也写到了一个懒惰、放纵的印第安女人塔贝肖太太。她在七月四日耽于玩乐，错过了卖篮子的好时机。尼克家的白人女佣苏珊建议塔贝肖太太到旅馆去，把篮子卖给游客，她却抱怨路程太远。总之，在海明威的小说中，印第安人的形象总是与上述不良习性联系在一起。因此，他们只能栖居在与白人的主流社会相隔离的边缘地带，生活在一个与舒适健康、理性秩序的现代生活无缘，充满暴力、混乱、失败、死亡的世界中。他们虽然拥有法律规定的公民权，但是，在白人控制的主流文化中，他们依然没有自己独立的话语权。当他们出现在海明威的小说中时，“你从来听不见他们来的声音”，“凡是印第安人都是一个味”。在此意义上，海明威有关印第安人的文学叙事揭示出20世纪初期美国民主政治的两面性：一方面，包括印第安人在内的有色人种获得了与白人平等的公民权益；另一方面，这种名义上的平等在实际上仍然渗透着“隔离，但平等”的种族偏见。（在白人与黑人的关系问题上，1892年，保守的最高法院曾宣布，只要在设备上平等，种族隔离并不违背法律原则，即著名的“隔离，但平等”[①]。20世纪初，在许多公众空间，都将黑人与白人隔离开来。）

通过上述分析，笔者认为，海明威对文化原始主义的嘲讽与20世纪初白人政府在种族政治问题上的两面性、白人主流文化在面对有色人种时的文化优越感是联系在一起的。事实上，早在《春潮》出版后的第二年，英国漩涡画派创始人、作家温德姆·刘易斯于9月份在杂志《敌人》上发表《白种佬》一文，抨击安德森在《黑色的笑声》中赞扬印第安人和黑人的原始情欲，并称颂海明威在《春潮》中对此加以嘲讽。同年10月，海明威在给他的信中写道：“非常高兴你喜欢《春潮》，我以为你在《白种佬》中十分细致地摧毁了对红种人和黑种人的狂热。……劳伦斯，你知道，是安德森当初的上帝——你能在安德森写的东西中看出贯穿着他的影响。……

---

① ［美］罗德·霍顿、赫伯特·爱德华兹著，房炜、孟昭庆译：《美国文学思想背景》，人民文学出版社1991年版，第452页。

实际上《春潮》以虚构小说的形式和《白种佬》一文起到同样的净化作用。”① 海明威的信件表明，他在写作《春潮》时，不仅将嘲讽的矛头指向安德森矫揉造作的文风，也应和了20世纪初白人的种族文化优越感。

北达科他州立大学的英文教授罗伯特·利维斯曾经指出：“海明威对印第安人的描绘表明，在很久以前，一切都是好的，现在，一切都很糟糕。这不仅是指按照时间的先后顺序而出现的过去和现在，而是海明威小说中的一种模式——从浪漫的青春和纯真的幸福开始，从《在密执安北部》《印第安人营地》开始，进入痛苦的有自我意识和创伤的成人时期。”② 应该说，海明威在创作之初，就已经认识到了转型时期美国社会文化结构的矛盾复杂性，也清醒地意识到了包括印第安人的失败、白人的现代伤痛在内的现代社会冲突的必然性。面对现代性的冲突，海明威虽然摒弃了安德森式的逃避现实，追寻文化原始主义的感伤色彩，但在瓦隆湖畔度过的早年生活在他一生的自我建构、小说美学建构中留下了永久的烙印。海明威在《非洲的青山》中写道：

> 我们的祖先到美国去是因为当时那是值得去的地方。那里曾经是个好地方，但我们把它搞得一团糟了，所以现在，我要到别的地方去，因为我们永远有权利到别的地方去，而且我们也总是去的。你永远都可以回来。让那些不知道已经去得太晚的人到美国去吧。我们的祖先看到过它最辉煌的时候，并且在值得为之奋斗的时候为它奋斗

① 吴劳：《六天写就的精品 六十年后才获真赏》，见［美］海明威著，吴劳译《春潮·老人与海》中译本序言，上海译文出版社2000年版，第7页。

② Peter L. Hays, “Hemingway’s Use of a Natural Resource: Indians”, from Robert Fleming, *Hemingway and the Natural World*, University of Idaho Press, 1999, p. 48.

过。现在我要到别的地方去了。从前我们常常到别的地方去，而且还是有些好地方可以去的。①

在海明威看来，瓦隆湖畔那美丽的田野、茂密的青松林、自由自在的户外垂钓、追猎生活已经被工业化、商业都市文化“搞得一团糟”，因此，他要和他的主人公一起，带着现代世界的伤痛，去寻找一个未被美国的现代化文明败坏的“好地方”，在那里建构自我的主体神话和艺术话语。对于海明威来说，这个理想的空间就是西班牙。

二、理想的栖居地——西班牙

在《丧钟为谁而鸣》的结尾处，主人公罗伯特·乔丹受伤后躺在西班牙的大地上发出了由衷的感叹：“世界是个美好的地方，值得为之战斗。”② 在此，海明威借乔丹之口表达了自己的心声。当瓦隆湖畔的美丽风景与自由生活在现代化的美国成为永远也不能再现的过去时，他认为内战之前的西班牙是个没有被现代工业文明败坏的好地方。这里有美丽的大自然，瓦隆湖畔的美丽风景在这里得以重现；这块土地上有将男性的生命能量与现实的技艺、生与死完美地融为一体的生命艺术——斗牛，在这种完美的现世生命艺术中，海明威又看到了美国白人在开疆拓土的过程中曾经有过的生命辉煌。因此，虽然海明威一生去过很多地方，但他对西班牙一直情

① ［美］海明威著，张建平译：《非洲的青山》，上海译文出版社 1999 年版，第 243 页。

② ［美］海明威著，程中瑞译：《丧钟为谁而鸣》，上海译文出版社 1997 年版，第 579 页。

有独钟。在他生前写作的最后一部作品《危险的夏天》中，海明威声称："除了我的祖国外，没有任何其他国家比这一个更叫我热爱了。"[①] 西班牙为什么会对海明威有如此巨大的吸引力？西班牙文化对海明威的创作产生了怎样的影响？对上述问题的探讨有助于我们更深入地理解海明威的创作思想及其独特的现代小说美学。

为了更好地理解海明威的创作与西班牙文化之间的关系，我们不妨先把他个人生活与西班牙之间的密切关系做一个简要的梳理。1919 年 1 月，海明威从意大利归国途中经过西班牙南部，在那里曾稍事停留。1921 年 12 月，与哈德莉前往巴黎途中，海明威在西班牙西北部港口比戈逗留了数个小时。他看到硕大的金枪鱼成群地出没在港湾里，鳟鱼则在山间溪流中欢快地游来游去。一个人只需花一美元就可以入住最好的旅馆，一升葡萄酒则只需两个西班牙比塞塔。比戈的美丽风景和便宜的物价给他留下了美好的印象。1923 年 5 月至 6 月，海明威第一次去西班牙看斗牛。同年 7 月，他再次到西班牙过圣福明节并看斗牛。1924 年 6 月、7 月两个月在西班牙看斗牛。1925 年 3 月，海明威带怀孕五个月的哈德莉去西班牙看斗牛，并以自己最喜欢的斗牛士的名字给儿子取名约翰·哈德莉·尼卡诺。1926 年，完成《太阳照常升起》后，海明威到西班牙度过了四个月的时间。1927 年的 7 月、8 月、9 月三个月与波琳在西班牙看斗牛。1929 年的 7 月、8 月、9 月三个月也在西班牙度过。1931 年 5 月至 9 月，海明威追随西班牙斗牛士，写作有关西班牙斗牛的专著《死在午后》。1936 年 7 月，西班牙内战爆发。海明威不

---

① ［美］海明威著，主万译：《危险的夏天》，上海译文出版社 1999 年版，第 3 页。

顾家人的反对，与北美报业联盟签订了合同，于1937年2月取道法国前往西班牙考察并报道内战的进展情况。1937年3月，海明威到达马德里后，协助荷兰导演伊文思拍摄纪录片《西班牙大地》。在西班牙内战期间，海明威先后四次前往西班牙，支持共和政府和西班牙人民。1953年，美国与西班牙的外交关系刚刚恢复，海明威立即与老朋友一起前往西班牙看斗牛。1954年，海明威结束了非洲的追猎之行后再次到西班牙看斗牛。1956年秋，海明威又一次到西班牙。1959年，海明威去西班牙看斗牛，并接受《生活》杂志的委托，写了一篇旧地重游的随笔。1960年，海明威开始写作《危险的夏天》。同年8月，海明威以需要核实斗牛细节为由再次回到西班牙，实际上，当时他正遭受着严重的精神沮丧之苦。1961年，海明威自杀身亡。

究竟是什么吸引着海明威一次又一次地前往西班牙？从他一生的生活轨迹来看，自从美国社会成功地实现了工业化、都市化的现代化转型后，瓦隆湖畔那自由、天真、与自然和谐共处的生活方式就变成了一去不复返的梦幻田园，因此，海明威在与现代都市保持疏离关系的同时，也一直在寻找一个能使他重温瓦隆湖畔与自然共在的生活方式的地理空间。而西班牙就是在此意义上成为召唤他一再归来的理想栖居地。这里有纯净美丽的自然风景：苍翠的山峦、浓密的松林、蜿蜒曲折的林中小路、路边的野莓、寂静的山谷、清澈的河流、惬意的垂钓、开阔的田野，这一切使得海明威如同置身于少年时代的密执安以北。也就是说，在海明威看来，战前的西班牙是与现代化的美国截然不同的一个自然和谐的世界。即使是在描写西班牙内战的《丧钟为谁而鸣》中，海明威也安排他的小说人物穿行在西班牙的美丽风景中。在小说的开篇和结尾，主人公乔丹的身体都紧贴着绿绿的松林里铺满松针的地面。正是这样一片纯净又美丽的土地，让乔丹不惜为之献出自己的爱情和生命。

最令海明威感到震撼的是西班牙的传统文化习俗斗牛。早在他的成名作《太阳照常升起》中，海明威就详细地描述了西班牙的斗牛，并向读者展示了斗牛士罗梅罗的风采和魅力。1932 年，海明威又出版了一部关于西班牙斗牛的专著《死在午后》。在写作《死在午后》之前，他观看过三百多场斗牛，目睹过几千头公牛被刺杀。在这部著作中，海明威对西班牙斗牛过程中的每一个细节、每一个斗牛术语、西班牙著名的斗牛士、各地不同的斗牛风格都做出了极为详尽的介绍。在书后还附有 585 条关于斗牛术语的释义汇编。尽管这部著作十分枯燥，但在斗牛迷们的眼里，它是一部了解斗牛的经典。

对于海明威来说，西班牙斗牛的意义何在？在《死在午后》的第一章，海明威写道：

> 战争结束了，现在你能看到生与死——即是说暴力造成的死——的唯一地方，就是斗牛场了，所以当时我非常想到西班牙去，到了那里我就可以对暴力造成的死加以研究。那时我在尝试学习写作，从最简单的问题着手写，而最简单的问题之一和最根本的问题即是暴力造成的死。①

这段话表明，对于海明威来说，与其说西班牙斗牛为他提供了文学创作的素材，毋宁说他从斗牛艺术中悟出了他独特的小说美学和人生信念。

---

① ［美］海明威著，金绍禹译：《死在午后》，上海译文出版社 1999 年版，第 3 页。

海明威将西班牙斗牛艺术带给他的审美体验融合在小说创作中，建构起一种将男性气概与现代技艺融为一体的艺术话语。海明威十分崇尚西班牙斗牛士直面死亡的勇气和出色的技艺表演。他认为："斗牛，是一门绝无仅有的艺术家身处生命危险的艺术，是一门表演的出色程度完全有赖于斗牛士自尊的艺术。"[①] 斗牛士舞动着红色的穆莱塔，那一系列完整、连贯的手法，让人觉得"手法中有勇，有艺，有悟，尤其是还有美，还有深深的情"[②]，"他在斗牛场上完成的是一件艺术品，他玩弄的是死，将死一步一步地引向自身，这死你知道就在牛角之间，因为你看到了沙地上用帆布覆盖着的马的尸体，那便是明证。他给人以他永远不会死这么一种感觉，可是你若注视着他，这种感觉便成了你自己的了"[③]。因此，海明威认为，西班牙斗牛并非像有的人所想象的那样是一种体育娱乐活动，而是一种希腊悲剧式的悲剧表演。不同的是，通过演员在舞台上表现出来的希腊悲剧是抽象的象征意义上的悲剧，而斗牛场上公牛和斗牛士的生命搏杀是一种直接诉诸观众的生死感觉的现实性悲剧。伴随着公牛强有力的奔跑，斗牛士勇敢、机智、优雅的挑逗、刺杀动作，生命的鲜血洒在斗牛场上，使得斗牛场上生和死的气味都那么强烈。在此意义上，斗牛是一种生命的壮烈奇观，一种具有现世宗教意味的牺牲仪式和典礼，一种直接诉诸人们的生命感觉的人生艺术表演。很显然，海明威从斗牛士具有悲剧意味的现世生命

---

① ［美］海明威著，金绍禹译：《死在午后》，上海译文出版社 1999 年版，第 91 页。

② ［美］海明威著，金绍禹译：《死在午后》，上海译文出版社 1999 年版，第 208 页。

③ ［美］海明威著，金绍禹译：《死在午后》，上海译文出版社 1999 年版，第 215 页。

艺术表演中，看到了美国前现代社会中白人男性的美德——一种男性气概和熟练的劳动技艺，而这也成为海明威进行自我建构和艺术建构的模仿对象。在他的个人生活中，他凭借钓鱼、打猎、拳击、参战等活动表现出来的勇气和技艺，打造出了一个又一个硬汉传奇故事；在文学创作活动中，他将写作比作拳击，声称“小说家得打满九局，即使这样会送掉他的命”，并在人人都以为他才华枯竭时，打出了最漂亮的一击——《老人与海》，并因此获得了1954年的诺贝尔文学奖；在他的文学作品中，他总是安排他的男主人公直面孤独、伤痛、失败和死亡，不失优雅地将自己的生命勇气和某个方面的技艺表演得淋漓尽致，尽显“压力下的优雅（grace under pressure）”。也许，正是在此意义上，艾伦才将海明威的创作风格概括为“艺术和勇气”（art and valor）。

1927年，继《太阳照常升起》后，海明威出版了短篇小说集《没有女人的男人》。这个集子收录了14个短篇，其男主人公大都是具有男性气概的硬汉，最典型的当推《杀人者》和《不被打败的人》。在《杀人者》中，尼克得知有两个杀手在追杀拳击家奥利·安德烈森，便跑去给他通风报信。奥利早已知道杀手在追杀自己，却不逃避，只是静静地等候杀手的到来。拳击家冷静地直面死亡，正体现了海明威所推崇的勇气和尊严。

在《不被打败的人》中，上了年纪又多次受伤的斗牛士曼纽尔·加西亚明知道自己的身体已经处于劣势，但他既不在乎金钱，也不畏惧失败和死亡，只是为了斗牛士的荣誉和尊严勇敢地再次走进斗牛场。公牛将他挑了起来，又甩在沙地上，他站起来，继续挥动红布。观众向他扔坐垫、酒瓶，他毫不介意。牛角抵进了他的身体，抵进了他的腰部，他又一次站起来。他忍着粉身碎骨般的疼痛，最终将公牛杀死，并以自己的优雅和尊严向观众挥手致意。当他躺在医院的手术台上时，他认为自己干得好，干得很出色。这就是海明威所说的“有勇”“有艺”“有悟”“有美”“有情”的现世生命艺术。在乔丹的炸桥行动中，在桑提亚哥与马林鱼、大鲨鱼的较量中，我们都可以看到这种艺术化了的硬汉搏杀描写。

对海明威来说，西班牙斗牛的魅力还在于它能唤起一种不同于美国的物质主义和消费主义价值的生命意义的思考。海明威认为，正是富有现世悲剧意味的斗牛仪式，赋予西班牙人一种敢于直面死亡的单纯的生命价值观。在《死在午后》中，海明威赞美卡斯蒂利亚的农民。他们生活纯朴，不富裕，但热爱斗牛。

> 他们知道死是不可逃避的现实，这是任何人都会明白的唯一的一件事；这是唯一有把握的事，这是超越一切现代舒适条件之外的，有了它，你就不会要求每一个美国家庭都要有浴盆，你有了浴盆也不会再要什么收音机了。关于死，他们考虑得很多，如果他们有信仰，那就是认为生命比死要短暂得多的信仰。有了这种感情之后，他们对于死的关注就非常地明智。①

海明威欣赏西班牙人能够理智地看待死亡，是因为他们对死亡感兴趣，不仅不逃避死亡，而且以一种不切实际的态度将其转化为一种浪漫的自豪、快乐和悲伤。在海明威看来，这种单纯的生死观念和浪漫激情，与美国人讲究实际的物质主义和商业主义文化截然不同。因此，他将西班牙看作是承载个人自由和生命激情的理想栖居地，一次又一次地回到西班牙去，回到斗牛场去。

1936 年，西班牙内战的爆发，给海明威提供了一个历史性契

---

① ［美］海明威著，金绍禹译：《死在午后》，上海译文出版社 1999 年版，第 268 页。

机，他得以以一位西班牙的保卫者的角色，而不是观看斗牛的美国民众的角色，真正融入他所热爱的西班牙大地和西班牙人民中，建构自我的生命意义。在笔者看来，以生命意义叩问的深度和审美情感建构的境界而言，海明威也因此写出了他一生中最动人的一部小说《丧钟为谁而鸣》。

在解读《丧钟为谁而鸣》之前，我们不妨对海明威在西班牙内战之前的生活和创作状况做一个简要的回顾。20 世纪 30 年代初期，美国经济大萧条期间，海明威的个人生活似乎并没有受到经济萧条的影响。他先是于 1933—1934 年去非洲打猎。从非洲回来后，又购买了豪华游艇“彼拉”号，经常去海上钓大鱼。而此时，华尔街的崩溃改变了归来的流放者对美国社会的看法。眼前的事实证明，美国社会的发展动向是不同目的的社会集团之间相互斗争的结果，是各种社会力量互相作用的结果。因此，从巴黎归来的流放者们结束了个人的流放冒险生涯，重新整合到美国社会中去。考利指出：“流放者们懂得斗争会影响每一个人的将来，包括他们自己的将来。当他们参加到斗争中去，参加这一边或那一边（但通常是参加自由派一边）时，当他们试图增强某些社会力量并使自己和这一或那一社会集团联合在一起时，他们就不再是流放者了。他们有了朋友和仇敌，在社会中有了目的，这样，不管他们居住在美国的任何地方，他们都找到了家乡。”① 相比之下，此时热衷于钓鱼、打猎、斗牛的海明威并没有将自己的精神家园安放在美国社会，总是与美国社会保持着疏离姿态，而是到非洲的原始草原上，到西班牙的美

① ［美］马尔科姆·考利著，张承谟译：《流放者的归来——二十年代的文学流浪生涯》，上海外语教育出版社 1996 年版，第 258 页。

丽风景和斗牛场中，去寻求个人的生命激情和自由。因此，美国的左翼作家和评论家认为，像海明威这样一位有声望、有地位的作家，在美国经济大萧条时期不加入他们的阵营，致力于解救世界的伟大事业，却醉心于斗牛、钓鱼、猎狮子以及到处游荡，理应受到谴责。对此，海明威做出了直接的回应。他说：

> 作家最困难的工作莫过于描写人物时要真实。要做到这一点，作家要十分熟悉自己所要描写的对象，其次必须懂得怎样写。光是这两点就够你学一辈子了。要是有人想从政治上找出路，那简直是自欺欺人。找出路是容易的，但要搞好创作那就很难很难了。……如果你读的那本书是一本真正的好书，那就让那些狗娘养的狂吠好了。①

稍后，海明威在回复苏联人伊凡卡斯金的信中，进一步表明了自己对包括左派在内的社会政治的态度。伊凡卡斯金曾经将海明威的两篇短篇小说译成俄文。他在《厄内斯特·海明威：写作艺术的悲剧》一文中，对海明威提出了批评。伊凡卡斯金称海明威的内心充满了矛盾，精神上或心理上的失调使他濒于毁灭，这是他在个人荣誉、成就、富裕生活中不能自拔的结果。他远离了普通美国人民的生活，远离了国内、国际政治。与当时人们必须面对的现实问题相比，海明威的确是与美国的社会现实相隔太远了。海明威对伊凡卡斯金说：

> 我现在还不会加入共产党，因为我想自由自在地生活，不受任何约束。首先我要自己照料自己，一心干我要做的工作。其次我要照料家庭。再其次我要帮助周围邻居。但对于政府我绝对不予关心。

---

① ［美］贝克著，林基海译：《迷惘者的一生——海明威传》（上），湖南文艺出版社 1987 年版，第 494 页。

政府，对我来说，总是意味着不合理的语言……我对它丝毫没有感情。

作家就像吉卜赛人，处在社会生活的外围……如果一个作家的天赋不好，那他就只有阶级的意识，而缺乏艺术的意识。如果他的天赋很高，那他的艺术才能就会为各阶级所接受。他从他们那里吸取创作的素材，他所创造出来的作品便成为他们共同的财富……真正好的艺术品是不朽的，不管它的政治色彩如何。①

上述言论表明，自从20世纪20年代自我流放到巴黎去追求艺术拯救和个体自由以来，海明威一直坚持自己的个体自由和艺术宗教立场，拒绝与任何形式的社会政治合作。但是，1935年9月初，一场袭击了基韦斯特岛的大风暴使海明威开始有所改变。风暴过后，海明威目睹了岛上大约一千名在建设营里工作的退伍老战士死于风暴的惨状，他感到无比震撼。他写信给他的编辑帕金斯说，那天他在现场看到的死亡人数大大超过了他在1918年见过的。他即刻接受了《新马萨斯》杂志的约请，执笔写了一篇2800字的文章，强烈谴责华盛顿当权老爷们的官僚作风。有一位读者看了该文章后，写信给海明威赞扬他的批评立场和同情心，并希望他以后多写一些表现人与人之间的兄弟情谊、主人公与人们同呼吸共命运的作品，少写像《太阳照常升起》里的杰克、《永别了，武器》中的亨利那样离群索居的人物。海明威不仅十分亲切地给这位读者写了回信，而且表示愿意在今后的作品中注入人类兄弟般的情感。

1935年底，海明威的非洲追猎实录《非洲的青山》出版后，

---

① ［美］贝克著，林基海译：《迷惘者的一生——海明威传》（上），湖南文艺出版社1987年版，第495～496页。

再次遭到一些左翼评论家的批评。有位阿布纳格林先生在《美国的准则》上发表了一封致海明威的公开信。他先是对海明威的小说加以赞扬，接着对他在《绅士》杂志上连载的《非洲的青山》提出了批评。他极力暗示海明威，像他这样一位有影响的美国作家，应该去寻找或发现重要的主题，而不是去计较打了多少猎物，钓了多少鱼。海明威在回信中虽然继续坚持作家的责任就是搞好创作，但是，他的吉卜赛式的主体自由中已经长出了一些社会团结的新意识。这种变化最先反映在此时写作的《有钱人和没钱人》中。一方面，小说的内容是大萧条时期穷苦人的艰难生活；另一方面，小说的主人公哈里·摩根虽然还是个重压下不低头的硬汉子，但是他在临终前已经悟出："一个人独自个儿干不成的。现在没有人独自个儿干得成了。"①

有了上述经历和体验后，对海明威来说，西班牙内战的爆发为他提供了与他人、与社会、与大地共建意义的历史性契机。在西班牙内战时，海明威与荷兰导演伊文思、摄影师菲尔诺一起拍摄了一部纪录片《西班牙大地》。为了真实地记录法西斯的罪行，海明威总是出现在枪弹最激烈的地方，真可谓出生入死。有证据表明，在西班牙内战期间，海明威曾经参加过一支秘密游击队的军事行动，炸毁了特鲁埃尔北部的一座桥梁。② 1939 年 3 月，西班牙内战结束。1940 年 10 月，海明威即出版了以西班牙内战为素材的长篇小说《丧钟为谁而鸣》。

---

① ［美］海明威著，鹿金译：《有钱人和没钱人》，上海译文出版社 1999 年版，第 205 页。

② ［美］艾伦·约瑟夫：《海明威的西班牙情感》，见［美］唐纳森编《厄内斯特·海明威》（英文版），上海外语教育出版社 2000 年版，第 226 页。

《丧钟为谁而鸣》的主人公罗伯特·乔丹是教西班牙语的大学教师，从美国来到西班牙参加反佛朗哥分子的战争。小说叙述他在一次军事行动中，受命去敌后炸毁一座具有战略意义的桥梁。乔丹来到敌后，与当地的一支游击队取得了联系。游击队长巴勃罗为保护自己的地盘，不惜进行破坏，阻挠乔丹炸桥。巴勃罗的妻子比拉尔勇敢坚强，其他的游击队员都是善良朴实的农民，他们支持乔丹炸桥。“聋子”领导的另一支游击队也支持乔丹，他们主动要求去盗取撤退需要的马匹。不料，一场大雪过后，马蹄印将“聋子”的营地暴露给敌人，全体队员壮烈牺牲。最后，乔丹克服重重困难，成功炸毁了桥梁，自己却身受重伤。他命令其他游击队员撤离，由他一个人在山坡上狙击敌人。

在《丧钟为谁而鸣》的卷首，海明威引用了约翰·堂恩的诗句：

> 谁都不是一座岛屿，自成一体；每个人都是欧洲大陆的一小块，那本土的一部分；如果一块泥巴被海浪冲掉，欧洲就小了一点，如果一座海岬，如果你朋友或你自己的庄园被冲掉，也是如此；任何人的死亡使我有所缺损，因为我与人类难解难分；所以千万不必去打听丧钟为谁而鸣；丧钟为你而鸣。①

这段卷首语表明，海明威在这部小说中叩问的是一种个人与他人、个体与群体、人类与大地共在的意义。在小说中，这种叩问围绕着乔丹与西班牙人民、西班牙大地的关系互动渐次推进，在小说结尾处实现了个人与他人、与大地的意义融合。

美国明尼苏达州圣保罗市圣凯瑟琳学院的英语助理教授塞西莉

---

① ［美］海明威著，程中瑞译：《丧钟为谁而鸣》卷首语，上海译文出版社 2001 年版。

亚（Cecilia Konchar Farr）从生态女性主义的批评角度解读《丧钟为谁而鸣》时指出，寻求能够表达我们个性的风景，和在与风景和谐共存的过程中确立自我，这二者的意义指向是不同的。[①] 在《太阳照常升起》中，海明威叙述美国人杰克到西班牙的自然风景和文化景观斗牛中，去寻求不受清教压抑的自由快乐和不被现代文明败坏的男性气概。但是，当勃莱特的个体快乐需求与西班牙斗牛迷们的民族情感发生冲突时，杰克站在个体快乐一边，帮助勃莱特得到了斗牛士罗梅罗的爱情，伤害了蒙托亚旅馆里的斗牛迷们。这个细节表明，在杰克的自我意识与真正的西班牙斗牛迷的民族情感之间，存在着一道难以弥合的裂痕。在《丧钟为谁而鸣》中，美国人乔丹与西班牙大地、西班牙人民的关系已经发生了深刻的变化。小说的叙事推进过程，也是乔丹逐渐融入西班牙人民、西班牙大地的一个过程。在小说的开篇，海明威描写主人公罗伯特·乔丹“匍匐在树林里积着一层松针的褐色地面上”。随后，他将军用地图在林地上摊开，俯视着山坡、河流、峡谷，确认他要炸毁的桥梁的位置。笔者认为，开篇的风景描写实际上是在两个层面展开的，一面是美丽和谐的西班牙自然风景，一面是使风景遭到蹂躏的战争景观。正是出于对西班牙自然美景的热爱，乔丹自愿加入保卫共和国政府的战争中。在小说结尾处，乔丹受伤后还是躺在长满松树的山坡上，身下是铺满松针的土地，“他感觉到自己的心脏抵在树林里的松针地上怦怦地跳着”。至此，甘愿为西班牙的美丽

① Robert Fleming, “Moving Earth: Ecofeminist Sites” in Hemingway's *For Whom the Bell Tolls* and Gellhorn's *A Stricken Field*, from *Hemingway and the Natural World*, University of Idaho Press, 1999, p. 153.

风景和西班牙人民的自由幸福献出生命的乔丹，已经完全融入西班牙大地中，他的心脏跟着西班牙大地的脉搏一起跳动。从整个小说的发展来看，促成乔丹与西班牙大地融合的因素有以下三个方面：

第一，乔丹对西班牙人民的理解和认同。在与配合他炸桥的游击队员的接触中，乔丹对他们的个性、情感、命运、信仰的理解也越来越深入。游击队的女英雄比拉尔虽然外表粗硬，但在她的内心深处涌动着最浪漫、最温柔的激情。战前，她曾经有一位了不起的爱人——斗牛士菲尼托。菲尼托虽然身材矮小，又患有肺病，在斗牛场内却像头狮子。他能把斗牛的绒布挥到最漂亮，并同时将利剑刺进牛肩隆的顶端。菲尼托去世后，她又爱上了与法西斯勇敢战斗的巴勃罗。但是，当巴勃罗出于私心破坏炸桥行动时，她毫不犹豫地支持乔丹。为了共和国的整体利益，她甚至同意除掉巴勃罗。小说还写到了一个被叫作“聋子”的游击队长。“聋子”是一个真正的西班牙硬汉。他为了配合乔丹炸桥去盗马，结果被佛朗哥分子发现。佛朗哥分子将“聋子”和他的队员包围在一座小山顶上，敌人的飞机也赶来投弹。“聋子”的腿和胳膊都受了伤。这时，他想起了一句西班牙俏皮话：“你应当像服用阿司匹林那样地接受死亡。”① 正是从这样一些西班牙农民英雄身上，乔丹看到了西班牙人民为自由的共和国而战的理想主义激情。

令乔丹感动的西班牙人除了比拉尔和“聋子”以外，还有老向导安塞尔莫、玛丽亚、玛丽亚的父母等人。安塞尔莫是一位纯洁、

① ［美］海明威著，程中瑞译：《丧钟为谁而鸣》，上海译文出版社 2001 年版，第 383 页。

质朴、善良的西班牙老人。内战之前，他是一个喜欢打猎的西班牙农民，一名虔诚的天主教徒。佛朗哥分子挑起的内战使他失去了温暖的家，因此，他投入到保卫共和国的战斗中。但是，作为一名天主教徒，安塞尔莫在为共和国战斗的同时，认为杀人是一种罪过，即使是杀那些非杀不可的法西斯分子。透过安塞尔莫的不安内心，乔丹感受到了战争的伦理残酷性。

接下来，比拉尔和玛丽亚分别对乔丹讲述了她们在残酷的政治斗争中的亲身经历和感受，更加深化了乔丹对西班牙人民和西班牙内战的认识。在小说的第十章，比拉尔对乔丹讲述了巴勃罗革命经历中的一个片段。巴勃罗率游击队攻击一个民防军控制的小镇，在战斗中，巴勃罗的表现十分勇敢，比拉尔为自己的丈夫感到自豪。但是，他枪杀了四名俘虏，接下来，又精心安排了一场令比拉尔感到耻辱的斗牛游戏。巴勃罗亲自坐镇镇公所，将被逮捕的20名当地法西斯分子逐个放出来，让他们通过一条人墙夹道走向江边的峭壁。人墙中站着被复仇情绪聚合在一起的普通工人、农民、二流子和喝醉了酒的无政府主义者。他们手里拿着连枷、干草叉、镰钩、大镰刀、粗棍棒等农具，向逐个放出来的法西斯分子打去。排在江边的人负责把被打死或打至半死的法西斯分子扔到江里。在这20个法西斯分子中，堂吉列尔莫是镇上做连枷生意的小商人，他平时卖的连枷价钱并不高。他当法西斯分子一来是想谄上欺下，二来是因为爱老婆，便也“接受了她对法西斯的宗教般的虔诚感情”。当他走进人墙时，他老婆尖声叫喊起来：“堂吉列尔莫。等一等，我要陪你一起去。”

与上面的复仇场景形成对照的是，在第三十一章，玛丽亚对乔丹讲述了佛朗哥分子报复参加土地革命的平民的野蛮暴行。玛丽亚的父亲、母亲和众多参与土地革命的群众被带到村里的屠宰场执行枪杀。玛丽亚的母亲并不是共和党人，她是个好天主教徒，只因为丈夫是共和党人就被一起枪杀了。父亲临刑前说："共和国万岁。"母亲则说："我丈夫，本村前任村长万岁。"玛丽亚希望自己能和父母一起死，并打算说"共和国万岁，爹妈万岁"。[①] 玛丽亚虽未被枪杀，却被剃光了头发，遭到凌辱。透过这两个残酷的复仇场景，乔丹认识到，虽然内战将西班牙人划分为法西斯和共和国两个不同的政治阵营，但是，在这场残酷的政治冲突中，法西斯分子和共和国人民并不是一个绝对统一的、分别指向邪恶和正义的抽象概念。挑起内战的大地主、大主教、大资产阶级佛朗哥分子是邪恶的，但是，被卷入内战的农民安塞尔莫一家、守法经营的小商人堂吉列尔莫夫妇、玛丽亚一家等都是普通的西班牙人，他们追求的是纯朴、自由的生活，温暖的人伦情感，而不是践踏人伦温情的政治权力。就其意义召唤而言，堂吉列尔莫妻子的叫喊与玛丽亚母亲的就义口号具有共同的意义指向，那就是如何超越内战的残暴与野蛮，留住内战之前纯朴、和谐的生活和单纯美好的情感。在此意义上，乔丹对西班牙内战的认识，不仅仅限于民主等现实政治层面，而更多的是在个体自由、人性尊严、博爱等伦理层面上展开的。有评论者因此诘难海明威在政治问题上的盲视。实际上，这种政治盲视与海明威一贯坚持的与政治保持疏离的自由主义立场是一致的，不同的是，乔丹召唤的自由已经不仅仅局限于知识分子的个体自由，而是一种包括所有的不同身份、不同信仰的西班牙人民在内的更普遍的

---

① ［美］海明威著，程中瑞译：《丧钟为谁而鸣》，上海译文出版社 2001 年版，第 436 页。

人性自由和幸福。

第二，乔丹对自我生命意义的理性审视和对人类终极关怀问题的深层思考，使得他最终做出了将自我生命融入西班牙人民、西班牙大地中去的意义抉择。乔丹对生命终极意义的思考实际上反映了此一时期海明威本人对个人与他人、个体与群体、生命与死亡等问题的认识。在乔丹之前，海明威笔下的尼克（《大双心河》）、杰克（《太阳照常升起》）、亨利（《永别了，武器》）等男主人公，总是在与社会群体疏离的空间中追寻个体的生命自由和感性解放的快乐，不放弃个体的理性准则。但是，在他们的内心深处，总是潜藏着一种由自我与他人、自我与社会、现时与永恒之间的价值冲突而带来的伤痛和焦虑。与这些内心伴随着伤痛和焦虑的早期主人公不同的是，乔丹虽然也清醒地意识到这个世界的混乱与邪恶：共和国内部的分裂，巴勃罗的自私狭隘，大雪给他的炸桥行动造成的困难，游击队员的军事素质匮乏等，但是他仍然坚信："你参与了一项你全心全意信仰的事业，和其他参与的人有一种极度的兄弟情谊。这种感情你以前从来不理解而现在体会到了，你对它那么重视，认为它是那么合理，以致你自己的死亡似乎完全无关紧要。"①乔丹对个体生命价值的这种认识表明，在经历了1935年的大风暴灾难和残酷的西班牙内战之后，海明威在对待作家与社会群体之间的关系问题时已经有所改变。反映在《丧钟为谁而鸣》中，乔丹在面对炸桥的种种困难时对自己说："别管它，要承认它。这就是苦杯。"乔丹所说的"苦杯"，引自《圣经·路加福音》和《圣经·

① ［美］海明威著，程中瑞译：《丧钟为谁而鸣》，上海译文出版社2001年版，第295页。

约翰福音》。耶稣得知自己要被钉上十字架，曾向上帝祷告，是否可以让他不喝这一杯苦酒。他说："父啊，你若愿意，就把这杯撤去，然而，不要成就我的意思，只要成就你的意思。"有一位天使从天上显现，增添他的力量。耶稣极其伤悲，祷告更加恳切，汗珠如大血点，滴在地上。[①] 耶稣被捕时，门徒彼得将来捉拿耶稣的大祭司的仆人砍了一刀，耶稣对彼得说："收刀入鞘吧！我父所给我的那杯，我岂可不喝呢？"[②] 海明威在乔丹面对困难时引入耶稣的苦杯之说，其用意似乎是要暗示乔丹已经选择了对他人、对人类的责任担当，将自我生命融入为实现自由、平等、博爱而斗争的伟大事业中去。

第三，在与玛丽亚相爱的过程中，乔丹获得了自我生命与女性、他人、大自然相融合的情感的、伦理的、审美的高峰体验。与《太阳照常升起》和《永别了，武器》中的爱情描写不同的是，海明威将乔丹与玛丽亚的相爱场景安置在广阔的大自然中，或者是在神秘的星空下，或者是在阳光灿烂的山坡上。在早期的短篇小说《两代父子》中，尼克人到中年时，也曾经回忆起他和印第安姑娘特萝迪在暮色苍茫的青松林里获得的第一次性体验。但是，尼克在沐浴着天光、紧贴着铺满松针的大地，体验到两性结合的快乐之后，他的心理感觉是一片空无，就像眼看着一只大鸟在暮色中消失一样。通过尼克置身大自然中获得的感性快乐，海明威召唤的是一种在现代社会中不能再现的个人的审美理想。乔丹与玛丽亚相爱的

---

① 《圣经·新约》，中国基督教三自爱国运动委员会、中国基督教协会 2009 年版，第 99 页。

② 《圣经·新约》，中国基督教三自爱国运动委员会、中国基督教协会 2009 年版，第 127 页。

意义指向已经超越了这种属于个体的感性自由和审美召唤。起初，玛丽亚也是从海明威个人的爱情白日梦中走进乔丹的现实体验中来的。在小说的第十一章，海明威描写乔丹凝视着阳光下的玛丽亚，对他们之间的爱情浮想联翩："也许正像你过去的那些梦，梦中，你在电影里看到的有一位夜里来到你的床上，那么亲切，那么可爱。他在床上熟睡的时候，和她们都那么睡过。他还能记得嘉宝，还有哈罗。是啊，有好多次是哈罗。这一回也许就像那些梦。"① 乔丹称玛丽亚是自己的"小兔子"。但是，玛丽亚与以往那些出现在海明威小说中美丽、纯洁、善良、温柔的女性不同的是，玛丽亚的身体曾经遭到法西斯分子的蹂躏。在此，玛丽亚受难的身体具有一种象征意味。她既承载着女性共同的遭受男权压制和剥夺的历史，也承载着西班牙人民正在经受的苦难，还是遭受人类的占有欲摧残的大地的象征。在此意义上，乔丹对玛丽亚的理解和爱恋，与玛丽亚身心交融的结合，也意味着乔丹对女性的痛苦历史、西班牙的现实苦难、大自然和谐的恢复等伦理责任的担当。正是由于敢于直面广博的伦理责任，属于尼克、杰克、亨利们的个体身份焦虑和意义裂痕在乔丹身上消失了。

> 由于她的掌心贴着他的掌心，由于他俩的手指扣在一起，由于她的手腕和他的手腕交叠在一起，就有一种奇异的感觉从她的手、手指和手腕传到他的手、手指和手腕，这种感觉那么清新，就像海上向你飘来初起的轻风，微微吹皱那平静如镜的海面，又那么轻柔，就像一根羽毛擦过唇边，或者风息全无时飘下一片落叶；那么轻柔，只能由

---

① ［美］海明威著，程中瑞译：《丧钟为谁而鸣》，上海译文出版社 2001 年版，第 169 页。

他俩手指的接触才能感觉到，然而这种感觉又由于他俩使劲相扣的手指、紧贴在一起的掌心和手腕而变得那么强烈，那么紧张，那么迫切，那么痛楚，那么有力……①

在阳光灿烂、长满石楠的山坡上，乔丹和玛丽亚结合在一起。他们的身体紧贴着大地，大地在他们的身体下移动。此时此刻，男性与女性、自我与他人、人类与大地实现了情感的、伦理的、审美的完美交融。从这个场景描写中，塞西莉亚读出了反对男权暴力、反对战争、反对人类对大自然的暴力，追求多元的、整体和谐的、生态女性主义的意义内涵。

在小说的结尾，受伤后的乔丹躺在西班牙大地上。他清醒地意识到，死亡就在眼前，但他一点也不觉得遗憾。他对自己说："世界是个美好的地方，值得为之战斗。""凭着最后的这几天，你度过的一生比谁的都不差。"② 当生命临近终结时，乔丹与周围的风景完全融合在一起了。海明威的原文是这样的：

He was completely integrated now and he took a good long look at everything. Then he looked up at the sky. There were big white clouds in it. He touched the palm of his hand against the pine needles where he lay and he touched the bark of the pine trunk that he lay behind. ③

程中瑞先生的中文译本将这段描写译作："这时他全神贯注，对这一切望了好一会儿。他然后抬头望着天空。天上有大

① ［美］海明威著，程中瑞译：《丧钟为谁而鸣》，上海译文出版社 2001 年版，第 197 页。

② ［美］海明威著，程中瑞译：《丧钟为谁而鸣》，上海译文出版社 2001 年版，第 579 页。

③ Ernest Hemingway, *For Whom the Bell Tolls*, Published by Arrow Books in 1994, pp. 503 ~ 504.

块大块的白云。他用手掌摸摸身边的松针地，摸摸身前那棵松树的树皮。”①

笔者认为，将“He was completely integrated now and he took a good long look at everything”译作“这时他全神贯注，对这一切望了好一会儿”，未能将原文中隐含的意义召唤充分表达出来，因为：第一，“completely integrated”的字面意义是完全融合的意思。海明威一向喜欢只在文中写出冰上的八分之一，笔者揣摩那冰下的八分之七似乎是指乔丹为之献出生命的西班牙大地。第二，“everything”的字面意思是指“每件事物”“一切”，这里暗示乔丹是在向他热爱的西班牙大地告别，“everything”包括西班牙世界的一切。第三，从海明威的描写顺序来看，是从“everything”到天空，再到乔丹身边的松针地、身前的松树的树皮。因此，笔者认为，海明威的这段描写是要表达乔丹告别西班牙大地前的内心情感，可以译为：

> 现在，他与大地完全融合为一体了。他先是深深地凝视着周围的一切。然后，他抬头望望天空。天上有大朵大朵的白云。他又用手掌轻轻地触摸地上的松针，再摸摸身边那棵松树的树皮。

这段描写与小说的最后一句——“他感觉到自己的心脏抵在树林里的松针地上怦怦地跳着”充分表明，海明威从巴黎开始的自我意义建构和审美理想建构，无论是从其伦理关怀的深度，还是从其审美感觉的和谐境界来看，在乔丹这个人物身上都达到了一个相当的高度。海明威在其 20 世纪 40 年代以后直至去世前的创作中，再也没有

① ［美］海明威著，程中瑞译：《丧钟为谁而鸣》，上海译文出版社 2001 年版，第 584 页。

塑造出一个伦理关怀的深度和审美和谐的境界能够超越乔丹的人物。

乔丹所代表的伦理关怀深度和审美和谐也是海明威的自我建构和审美追求中最理想的一面。不可忽视的是，是西班牙内战这个特殊的语境，为乔丹的自我价值与共和国的意义指向，提供了相互交融的历史机遇，也为海明威追求的男子汉勇气和文学审美理想提供了一个与社会群体结合的历史性契机。但是，这种融合更多的是在文学理想召唤层面上建构起来的，并不代表海明威已经自觉地将自我融入具体的、复杂的包括政治权力在内的现实社会结构中。实际上，即使是在《丧钟为谁而鸣》中，海明威在试图对西班牙的社会革命、西班牙人的复杂情感和个性心理作出更具体的描绘时，每每就显示出海明威在把握这些内容时的力不从心。因此，我们看到，在小说中，苦大仇深的西班牙农民在土地革命中不可避免的极端行为，经过海明威的文学再造，就演绎成了一场最残酷、最丑陋的斗牛表演。玛丽亚、安塞尔莫、华金等人在内战中的复杂感情和心理就交付给了乔丹的内心感受来处理。正是在此意义上，小说出版后，西班牙文学批评家阿图罗·巴雷亚才称该小说表现的“不是西班牙，而是海明威”[1] 他指出：“说到西班牙，海明威能够真实地、艺术地描绘他从外部看到的一切，但是他想做进一步的描绘。他希望分担西班牙的斗争。由于他和西班牙人没有共同的信念、共同的生活和共同的痛苦，他就只能根据他所熟悉的西班牙形象，在他的想象中把这一切塑造出来。他过去对暴力的迷恋把他推上了一条道路，使他更加无法投身到那个新的仍然混乱的西班牙生活里，反而

① ［西班牙］阿图罗·巴雷亚著，文美慧译：《不是西班牙，而是海明威》，见董衡巽编选《海明威研究》，中国社会科学出版社 1980 年版，第 275 页。

越走越远。”海明威“在文学创作中反映西班牙战争的失败——是由于他虽然想当一个参与者，并以参加者身份来写作，他却一直是个旁观者。然而，旁观是不够的：要真实地写作就必须生活，而且必须感受到你所生活的内容”①。

阿图罗的批评虽然带有维护本民族形象的倾向性，但他也的确触及了海明威本人的价值理念及其文学创作与西班牙的本土文化、西班牙的复杂社会现实之间的内在裂隙，并预言了西班牙内战结束后海明威与西班牙有关的文学创作的失败。

1959 年夏天，海明威到西班牙故地重游。其时，海明威在文坛上打出了他最后一拳《老人与海》，并由此获得了他一生中的至高荣耀之后，再也无能在他崇尚的男性气概、最擅长的现代散文叙事技巧与现实生活之间找到能够构建一部杰出作品的结合点。就在海明威出现廉颇老矣、辉煌不再的焦虑时，一度以整期刊载《老人与海》而大获成功的《生活》杂志社决定再次与海明威合作，约请他写一篇一万字的抒情性怀旧随笔。海明威到西班牙时，恰逢两个年轻英俊有魅力的斗牛士在进行一系列的斗牛对抗赛，而且他们是姻兄弟。喜欢斗牛的海明威追随着这一对姻兄弟，观看了一场又一场精彩的斗牛表演。结果，他听任自己陶醉在两兄弟之间的斗牛对抗赛中，控制不住自己滔滔涌动的词句，将一万字的怀旧随笔写成了 12 万字的系列斗牛报道。《生活》杂志的编辑不得不请海明威年轻的朋友和旅伴霍契纳删节这部文稿。经霍契纳编辑过的文稿分成了三部长篇报道。即便如此，这些充满了冗长的有关斗牛的细枝

① ［西班牙］阿图罗·巴雷亚著，文美慧译：《不是西班牙，而是海明威》，见董衡巽编选《海明威研究》，中国社会科学出版社 1980 年版，第 288 页。

末节的文字完全没有了《死在午后》问世时的新鲜感。面对读者消极的接受情况，《生活》杂志只好终止了连载。有斗牛迷戏称这次事件是“死在九月了”。笔者认为，海明威这一“死在九月”的文学败笔源自他自我意识的过度膨胀。作为著名作家的海明威，在面对美国的《生活》杂志和读者时，滥用了自己的文学话语权，毫无节制地任由自己的书写欲望扩张开来，结果导致了文本的肿胀、冗杂，令喜欢他的美国读者大失所望。作为一个受西班牙人敬重的著名美国作家（海明威重返西班牙时，西班牙人在他的名字前加了一个“堂”字，称他为堂厄内斯特，以示敬重），在介入美国以外的异国文化空间时，滥用了自己作为爱好斗牛的外国人的话语权，不负责任地将个人的好恶之情、评价标准强加给西班牙人。海明威本人喜欢冒险，崇尚对死亡无所畏惧的硬汉气概，在观看斗牛时也喜好从正面杀牛的斗牛士。所谓正面刺杀，是指斗牛士岿然不动地站着，让公牛朝他冲过来，再果断、漂亮的用剑击中公牛的要害。这样杀牛是非常危险的，因此，海明威十分欣赏斗牛士作正面刺杀时表现出来的对死亡无所畏惧的表演风格，而那正是他一贯推崇的重压下的勇气和优雅。由于他本人的这种喜好，海明威在报道那对姻兄弟之间的赛事时，公开偏袒正面杀牛的奥多涅斯，同时，也运用不公正的言辞攻击了另一个更注重技巧的斗牛士多明吉。海明威个人好恶色彩极浓的报道对西班牙斗牛士的个人声誉造成了无可挽回的伤害，也激怒了西班牙的某些斗牛迷们，有的人甚至在愤激情绪的驱使下，扬言要在酒吧间里狠狠地揍海明威一顿。

就海明威 20 世纪 40 年代以后创作的总体情况来看，一方面海明威式的融男性气概与书写技艺为一体的自我建构、文学书写与复杂的美国现代社会之间的裂隙越来越突出；另一方面他又始终不放弃在远离现代社会的边缘或异域为他的自我建构和文学书写寻求理想的表达空间。詹姆逊在提到海明威作品里描写的外国环境时指出：

> 移居国外本身就是这些作品的一种手法或借口。因为美国社会现实本身那巨大而复杂的组织，显然对于他所实践的那类精心选择的语句是可望而不可即的：因而同一种淡薄了的现实，即外国文化和外国语言的现实发生关系，是颇为有用的。在这一现实中，个人不是以我们也陷入其内的具体社会境况的不透明性，而是带着能用语言界定的客体（对象）的澄明性，出现在我们面前的。而当他晚年世界开始发生变化，古巴革命使他不得不返居美国国内时，似乎可以并不牵强地作出这样的推测：正是作为作家的他从未熟谙的美国现实的抵抗，才使他在文体上软弱无能，并且最终自杀。①

事实上，在海明威的晚期创作中，他独创的融男性气概和书写技巧为一体的文本形式已经渐趋僵硬，不仅无能应对不断变化的美国现实，即使是在介入外国的文化空间时，读者看到的也是一个越来越执着于自己的男性气概，陶醉于纯粹的现代书写技巧和钓鱼、打猎、斗牛技艺的海明威式英雄。在此意义上，对于海明威来说，无论是西班牙，还是意大利、非洲，都不过是他打造自我、打造海明威式文本的理想空间而已。

三、海明威的非洲书写与生态伦理困惑

除了西班牙，海明威认为，适合他打造自我的好地方还有广袤

---

① ［美］弗雷德里克·詹姆逊著，李自修译：《马克思主义与形式——20世纪文学辩证理论》，百花洲文艺出版社1997年版，第350页。

原始的非洲大陆。他曾于1933—1934年、1953—1954年先后两次到非洲打猎，并写作了两部记录他游猎生活的狩猎作品。一部是1935年出版的《非洲的青山》，另一部是在1999年海明威诞辰100周年之际由其次子整理出版的《曙光示真》。此外，海明威还创作过几部以非洲为叙事空间的短篇小说，像《乞力马扎罗的雪》《弗朗西斯·麦康伯短促的幸福生活》《一个非洲故事》等。在《非洲的青山》第一章，海明威叙述了他与一位奥地利人康迪斯基的对话。康迪斯基问海明威："人们为什么要打捻（一种非洲大羚羊）呢？你，一个有才智的人，一位诗人，居然打捻。""杀死一头捻到底有什么意思呀?""你们为什么不对土人更感兴趣呢?"[①] 在某种程度上，康迪斯基的发问立场与今天的生态文学批评所关心的生态伦理不谋而合。在此意义上，以生态批评在人与自然、人类的主体欲望与整体的生态系统协调等问题上的深层生态伦理关怀为参照，将康迪斯基的发问继续深究下去，笔者要追问的是，著名作家海明威为什么要到非洲去打猎？他的非洲书写意义何在？

早在1926年出版的《太阳照常升起》中，海明威就借叙述人杰克之口表达了想去东非打猎的愿望。1933年8月7日，正值美国经济大萧条时期，海明威和他的第二任妻子波琳一起前往非洲实现夙愿。波琳的叔叔为这次非洲游猎提供了2.5万美元的费用。海明威游猎队的成员还包括：海明威的好友查尔斯·汤普森，白人专业猎手菲利普·帕西瓦尔（海明威在《非洲的青山》等作品中称其为老爹。老爹绝非等闲之辈，曾经陪同英国首相丘吉尔和美国总统

① ［美］海明威著，张建平译：《非洲的青山》，上海译文出版社1999年版，第7，13页。

罗斯福打猎)，当地的导游、追猎手和脚夫等。这次游猎历时72天。游猎结束后，海明威将自己的非洲游猎生活记录下来，出版了《非洲的青山》一书。事实上，将自己在非洲大陆追猎的行程记录下来的，海明威既算不上是第一人，也不是最后一人。海明威的打猎活动范围在东部非洲，而这里曾经是英属殖民地。早在维多利亚时代，英国的白人冒险家就为他们的同胞留下了很多记录他们非洲之行的故事。到了20世纪初，有钱的美国人也加入记录非洲游猎探险经历的书写队伍中来，由此形成了一个英语狩猎文学传统。为了研究海明威的非洲狩猎作品，劳伦斯·马丁梳理了保存在肯尼迪图书馆中的海明威藏书目录。在海明威的个人藏书中，属于英语狩猎文学的作品有：英国人弗雷德里克·卡特宁·塞罗斯（Frederick Courteney Selous，1851—1917）的《一个猎人的非洲游猎记》（*A Hunter's Wanderings in Africa*，1881），昌西·休·斯蒂甘德（Chauncey Hugh Stigand，1877—1919）的《英属东非的狩猎游戏》（*The Game of British East Africa*，1909）和《在非洲猎象》（*Hunting the Elephant in Africa*，1913）；美国人西奥多·罗斯福（Theodore Rosevelt，1858—1919）的《非洲游猎行踪记》（*African Game Trails*，1909）等。[①] 很显然，海明威在到非洲打猎和写作非洲游猎故事之前，已经读过很多狩猎作品。劳伦斯认为："上述白人书写者的经验和观点，理所当然地影响了海明威看待非洲大陆、非洲人以及打猎活动的态度。而且，也是他们教会了他如何运用这种文体

① Lawrence H·Martin, "Hemingway's Constructed Africa: *Green Hills of Africa and the Conventions of Colonial Sporting Books*", from Robert Fleming, *Hemingway and the Natural World*, University of Idaho Press, 1999, p. 88.

类型的传统技巧来写作一部游猎作品，尽管他以自己的叙述方式对这种文体进行了改进。”①

维多利亚晚期和20世纪初期的白人游猎作品拥有共同的主题，并形成了一些写作套路。早期游猎作品的作者都来自英国的富裕阶层，他们身体强健，是技艺过人的猎人和射手，对非洲生活充满了好奇心。他们或者是受过良好教育的博学之士，或者是渴望战场之外冒险刺激的军人。在他们眼里，广袤的非洲是再合适不过的大猎场。于是，他们怀着对新大陆的渴望和对非凡生活体验的向往，前往英属殖民地肯尼亚和坦噶尼喀探险、游猎。他们都号称是博物学家，拥有从学校里学习或自修来的丰富的关于动物种群和植物种群的知识，有的甚至是动物学或植物学方面的专家。在这些作者中，那些身份优越的博物学家似乎通晓科学、文学、历史、语言、地理等方面的知识。他们将自己所了解到的远方异域的土地、惊人的冒险、奇异的风俗记录下来，以满足他们同胞的猎奇心理。总体来看，这些白人游猎记的共同特点是：第一，描述神秘的非洲土地、山川、河流、热带大草原、野生动物、植物等异域奇观。第二，描写土著人的生活，其书写内容不外乎以下两个方面：他们是生活风俗奇异、未开化的野蛮种族；他们常常会拥有一种白人不具备的古老又诡异的关于土地和动物方面的知识，这些知识与这块未开化的大陆一样充满了神秘色彩。第三，对追猎冒险细节的描写过分冗长，使用的是那种有些呆板枯燥的散文文体。从上述特点来看，传

① Lawrence H · Martin, “Hemingway's Constructed Africa: *Green Hills of Africa and the Conventions of Colonial Sporting Books*”, from Robert Fleming, *Hemingway and the Natural World*, University of Idaho Press, 1999, p. 88.

统的狩猎文学是在白人殖民者的主体扩张欲望的牵引下书写出来的。正是通过这样一种异域书写，在“他们”的土地上，“我们”的主体身份得以建立起来，而野蛮的土著成为被观赏、被统治、被拯救的“他者”。

在《非洲的青山》第三部第十章，海明威与老爹谈起过这些狩猎文学。他认为大多数描写狩猎的作品都是枯燥乏味透顶的。实际上，细读海明威的游猎文本就会发现，他本人的非洲游猎记录，从叙述的基本内容到基本的书写立场，都延续了白人狩猎文学的传统。首先，就文本的叙述内容来看，原始草原、茂密森林、奇异动物、惊险刺激的追猎场面等都是传统游猎记中常见的非洲景观；其次，就海明威的书写立场来看，也未能跨越白人殖民者面对非洲土著时的主体身份。在《非洲的青山》结尾处，海明威写道：

> 我见到一个好地方时就能辨别出来。这里有猎物，很多鸟儿，而且我喜欢这些土人。我能在这里射猎，捕鱼。这些，再加上写作，阅读，看电影，就是我最想做的事情……
>
> 我会重回非洲去，但不会去靠它生活。我可以靠两支铅笔和几百张最便宜的纸头为生……最后我们得走了，我们把空的啤酒瓶、瓶上的标签，连同姆科拉从地上捡起来的瓶盖，分发给大家后就开走，把喇叭按得妇女们痴迷，孩子们惊慌，武士们欣喜。①

这几段文字表明，对海明威来说，非洲不过是他喜欢的一个“他者”。他之所以喜欢到非洲去，是因为它是一个理想的被观看、

① ［美］海明威著，张建平译：《非洲的青山》，上海译文出版社 1999 年版，第 243～244 页。

被消费、被书写的“他者”。在他者的土地上，海明威获得了猎杀和审美的消费满足，而他留在这块土地上的是酒瓶、商品标签等现代商业文明的垃圾。

在写作《非洲的青山》时，海明威一心要超越那些写狩猎文学的前辈。因此，在这部作品的卷首语他写道：“与许多小说不同，本书的所有人物和事件都不是虚构的。……作者试图写出一本绝对真实的书，为的是看看一个地区的形态和一个月中的活动的格局，如果得到真实再现的话，能不能与一部虚构的作品媲美。”① 由此可见，海明威写作非洲游猎的目的是：绝对忠实于自己的非洲游猎生活体验；与虚构的小说创作媲美。从出版界和评论界对《非洲的青山》的反映来看，海明威本人预期的文学成功似乎并没有兑现。他本来期望该书稿能给他带来一万美元的收入，甚至是一万五或两万。但几经协商，最后的结果是，《斯克里布纳杂志》以 5000 美元的稿费买下了他的书稿。海明威研究专家杰弗里·梅耶斯于 1982 年出版了他编辑整理的《海明威批评遗产》。该书共收入四篇于 1935—1936 年间发表的关于《非洲的青山》的评论文章，而这四篇文章的作者都是评论界颇有影响的人物。他们对海明威游猎记的文学成就都不看好。伯纳德·迪瓦图在发表于《星期六文学评论》上的评论文章中指出，海明威在游猎记中过分专注于自己的猎杀激情和行动力量，并将这种属己的感觉付诸一种与之相合的散文技巧，使得书中那些描写打猎场景和射杀技艺的部分冗长、混乱、枯燥、描写过度。至于书中那 20% 讨论文学写作的章节，也是一种自

① ［美］海明威著，张建平译：《非洲的青山·卷首语》，上海译文出版社 1999 年版。

我宣传。[1] 最早对海明威的创作作出肯定性评价的埃德蒙·威尔逊，在发表于《新共和》上的批评文章中也说，海明威的这本新书让他感到无比失望："在这里，海明威的文学个性显得有几分荒谬。他将自己的散文风格最大可能地用来传达他个人的自信。由于这种运用是海明威的一种自觉追求，那么，以海明威式散文文体为评价标准来看，毫无疑问，海明威写出了他生命中非常糟糕的篇章。"[2]

上述批评的共同之处是，他们都指责海明威不合时宜地将自己独创的散文风格用于书写自己的猎杀体验。笔者认为，海明威遭到指责的根本原因在于他的非洲书写立场。就像他本人在卷首语中宣称的那样，他要让自己的书写绝对地忠于自己的非洲游猎体验。问题是，海明威的非洲游猎生活的意义指向何在？在书中，海明威多次谈到自己的打猎之道。他声称"打猎之道在于，只要那里有一头这样那样的动物在，你就得在那里待下去"，自己"不喜欢为捕杀而捕杀，只有当你不杀就无法让自己甘心的时候才捕杀，只有当捕杀到那头猎物才足以使他成为同行中第一名的时候才捕杀"，"除非它很棒，否则我不愿杀它"。[3]

海明威的猎杀之道令笔者想起了与他生活在同一时代的阿尔贝特·史怀泽和雷切尔·卡森。阿尔贝特·史怀泽（Albert Schweitzer，1875—1965）是一位对现代西方人的伦理意识产生了重大影响的思想家，他在《敬畏生命》一书中写道："在小时候，我就感到

① Bernard De Voto, *Saturday Review of Literature*, 26 October 1935, From *Hemingway: The Critical Heritage*, Edited by Jeffrey Meyers, Routledge & Kegan Paul Ltd, 1982, p. 211.

② Edmund Wilson, *New Republic*, 11 December 1935, From *Hemingway: The Critical Heritage*, Edited by Jeffrey Meyers, Routledge & Kegan Paul Ltd, 1982, pp. 216～217.

③ ［美］海明威著，张建平译：《非洲的青山》，上海译文出版社 1999 年版，第 11，15 页。

有同情动物的必要。当时，我们的晚祷只为人类祈祷，这使尚未就学的我感到迷惑不解。”① “有两次，我和其他小孩一块去钓鱼。后来，由于厌恶和害怕虐待鱼饵和撕裂上钩之鱼的嘴，我不再去钓鱼了。我甚至有了阻止别人钓鱼的勇气。正是从这种震撼我的心灵并经常使我惭愧的经历中，我逐渐形成了不可动摇的信念：只有在不可避免的必然条件下，我们才可以给其他生命带来死亡和痛苦。”②当海明威在非洲体验猎杀的快乐时，在美国一边钓鱼一边书写他的游猎体验时，史怀泽正在非洲的丛林里艰难地维持着他的丛林诊所，书写他“敬畏生命”的伦理学。

雷切尔·卡森（Rachel Carson，1907—1964）是海明威的女同胞，美国现代环保运动、生态伦理意识的奠基人。儿时的卡森曾与哥哥大闹一场，原因是哥哥打野兔。哥哥不许卡森干涉他的乐趣，而卡森的回答是：“可是兔子没有乐趣！”结果，全家都加入关于打猎的讨论，最后形成不许打猎的决议。因为打猎是现代人的耻辱。卡森终生都痛恨打猎，特别是以体育活动和休闲为名义的打猎。③

同样是20世纪上半叶西方世界的公众人物，史怀泽和卡森反对一切以人的主体快乐为前提的猎杀活动，海明威却公开宣称自己喜欢猎杀的快乐，并借助自己的文学书写将其进一步扩张开来，这样的文学书写凸显出一个伟大的美国作家极不光彩的一面。下面这段描写就是其中一例：

① ［法］阿尔贝特·史怀泽著，［德］汉斯·瓦尔特·贝尔编，陈泽环译：《敬畏生命》，上海社会科学院出版社1995年版，第1页。

② ［法］阿尔贝特·史怀泽著，［德］汉斯·瓦尔特·贝尔编，陈泽环译：《敬畏生命》，上海社会科学院出版社1995年版，第53页。

③ 王诺：《欧美生态文学》，北京大学出版社2003年版，第126页。

鬣狗那种可憎的跳跃的样子十分滑稽，在平原上的大白天里，肚皮完全贴着地慢慢地挪动，如果从后面朝它开枪，它就会朝前拼命奔跑，然后一头栽倒。鬣狗真能逗人乐，它跑出了射程，在一个碱性湖前停下，回头张望，如果它胸部中弹，就会仰面倒下，四脚和肚子朝天。最让人开心的事莫过于看到那三角头的鬣狗在十码处中了弹，突然从陡岸干沟旁高高的草丛里蹿出来，散发着臭气，急急忙忙地兜上三个越来越小的圈子，好像要咬住自己的尾巴似的，然后死去。……子弹啪的一声响，鬣狗发现死神钻进体内而表现出的狂躁不安的惊讶，都令人发笑。更有趣的是看见一头鬣狗在远处被击中，就在平原上闪烁的热浪中，看着它仰面倒下，看着它开始疯狂地兜圈子，看着它那风驰电掣般的速度，表明它在追逐体内那颗致命的小小镀镍铅弹。……关于鬣狗的绝顶幽默的事儿，乃那鬣狗，那典型的鬣狗，在奔跑时被击中了下身，它就会发疯似的兜圈子，撕咬自己，直到把自己的肠子拉出来，然后就站在那里，拼命将肠子往外拉，津津有味地吃下去。①

读过这段不厌其详、津津有味地描写鬣狗中弹、受难、死亡的文字后，我们不得不怀疑它的书写者海明威的伦理价值取向。英国批评家安东尼·伯吉斯指出，海明威的非洲狩猎之旅不只是出于对黑暗大陆的好奇，“他已经开始发展出一套做英雄的哲学，需要在行动中验证。美国的边疆都已被征服，拓荒者的年代已经过去。又没办法随时来场大战测试勇气和枪法。斗牛毫无疑问地是件英勇的行为，不过你得是个斗牛士，最好还要是个西班牙人，才能沉浸其中……所以他必须要去一趟非洲杀一些狮子”②。在此意义上，在

① ［美］海明威著，张建平译：《非洲的青山》，上海译文出版社 1999 年版，第 34 ~ 35 页。

② ［英］安东尼·伯吉斯著，余光照译：《海明威》，百家出版社 2001 年版，第 62 ~ 63 页。

非洲追猎雄狮、巨捻、犀牛的海明威，酣畅淋漓地体验射杀快乐的海明威，其猎杀业绩必得位居第一才有主体自豪感的海明威，在生命的价值取向上，与后来创作的《老人与海》中那位必得杀死一条漂亮、高贵又有尊严的大鱼以突显其“大写的渔夫”① 形象的桑提亚哥是一致的。而这样一种通过猎杀来张扬的英雄品格，其伦理态度与强调敬畏生命的生态伦理是相悖的。虽然海明威一再声称自己热爱自然，热爱生命，并两度去非洲寻求原始、自然的生活，但是，由于他执着于猎杀的快乐与自我扩张的骄傲，这种以自己的生命意志为出发点的价值取向，使他不可能真正地亲近非洲的大自然，更谈不上对维护自然和谐的生态伦理的责任担当。相反，他的猎杀行为暴露出了他的主体快乐道德的伦理残酷性。因此，以现代生态伦理关怀为参照，去非洲追逐猎杀快乐的海明威，与在海外殖民地进行种族政治、经济、文化扩张活动的老一辈白人殖民者的基本价值取向没有什么根本的区别。

在非洲的原野青山中，海明威不仅在猎杀非洲猛兽的过程中找到了生命的快感和自我荣耀，在与非洲土著文化接触的过程中，他也找到了一种文化上的优越感。他在写非洲土著时，使用的是“那些长相漂亮的野蛮人”这样的字眼。在《非洲的青山》中，海明威转述了康迪斯基生活在非洲土著中的感受：“事实上我在这里像个国王。这是非常令人愉快的。早晨醒来，我伸出一只脚，那小土人就替我把袜子穿上。然后我把另一只脚伸出去，他就把另一只袜子套上。我在蚊帐下把腿儿伸进为我撑开着的长内裤。你不觉得这

---

① 陆建德：《破碎思想体系的残编——英美文学与思想史论稿》，北京大学出版社 2001 年版，第 301 页。

妙不可言吗?”① 海明威认为这样的生活“的确妙不可言”。实际上，海明威不仅要在非洲享受国王般的快乐生活，他还要真正体验一次王者的快感。在《非洲的青山》中记载了一个海明威打猎凯旋在营地与土著交流的细节：他先是向跟随自己的土著炫耀自己的六枚子弹分别打死了狮子、犀牛、水牛、捻，然后又拿出词典，借助词典向黑人男孩表述自己要与他的姐姐过社交生活的愿望，并为自己烤野生动物的腰子吃。捕猎英雄加非洲少女，再加雄性野生动物的腰子，这就是美国作家海明威到非洲文化中寻找的自我价值。这样的一种自我价值追寻，充分暴露出海明威的主体心理结构中潜藏得极为狂妄的殖民征服意识和男性中心意识，令人联想起 19 世纪的欧洲白人在殖民地的文化霸权行为。

1953—1954 年，海明威携第四任妻子玛丽再度到非洲打猎。1999 年，在海明威诞辰 100 周年之际，他的儿子帕特里克·海明威将其第二次非洲之行留下的记录编辑出版，题名《曙光示真》。在这部作品中，海明威叙述了他和玛丽带领助手和非洲土著猎杀一头在当地作恶多端的狮子、为非洲人民除害的故事。在故事的推进过程中，海明威引用了土著讲述的海明威夫妇的救难事迹：

> 人们怀着极大敬意认为老板疯了，认为老板是继承了圣人们的伟大传统。也有流言说如果尊贵的玛丽小姐夫人不能在圣婴耶稣的生日之前杀死那头掠夺成性的狮子，就会自焚而死。②

在这个故事中，海明威和玛丽俨然是出现在非洲土著苦难生活中的耶稣，而海明威本人尤其热衷于在这些贫穷苦难的土著中创建

---

① ［美］海明威著，张建平译：《非洲的青山》，上海译文出版社 1999 年版，第 29～30 页。

② ［美］海明威著，张建平译：《曙光示真》，上海译文出版社 1999 年版，第 97 页。

自己的宗教王国。作为这个王国的“总督”和“老板”，海明威自比为印第安人崇拜的具有超自然力的吉奇大神，其自我权利扩张欲望得到了空前的满足。而这种自我权利扩张欲望，与以救世主的身份到异质文化空间去征服野蛮的异教徒的白人殖民者的殖民主体意识有着惊人的相似之处。海明威不仅凭借经济实力和权利意志在非洲土著中建立起以自己为中心的部落王国，他还为这个王国制定法律，像一个头人般的为自己征服了一个土著姑娘黛芭。在此意义上，不管我们是以生态伦理为参照，还是以文化多元主义为依据，远离美国的主流商业文明社会，反对物质主义，走向原始，走向大自然，走向异质文化，都不能表明海明威已经由此出发走向了一个敬畏大自然中的一切生命形式的生态主义者，或者是一个与异质文化共存并平等对话交流的文化多元主义者，相反，海明威的文化价值立场是典型的以主体自我为中心的美国式价值观念的体现。正是在此意义上，我们才能理解为什么海明威一生都选择在美国之外的异域文化空间或美国社会的边缘空间生活和写作，却“自认为是最好的美国人之一”，也可以理解为什么海明威自从以《太阳照常升起》成名后，一直是美国大众文化界中的宠儿。

在基本的文化价值取向和生态伦理态度上，海明威虽然未能超越传统的西方殖民文化观念的制囿，但也应该看到，在海明威的非洲游猎作品中，也的确已经存在着另一种试图超越自身的主体欲望、西方殖民文化、人类中心主义的意义召唤。正是这种超越的意图，在文本的深层结构中形成了一种逻辑悖论：一方面向往回归自然，另一方面又热衷享受征服自然、猎杀野生动物的生命快感；一方面寻找远离堕落的美国工业文明的质朴文化，另一方面又陶醉于自己的文化优越感。因此，在他的非洲游猎作品中，在处理人与自然、西方文化与土著文化、文明与原始、自我与他人等的关系时，不时流露出自我冲突和困惑的态度。美国的海明威研究学者 Ann Putnam 指出：“在海明威的作品中，总是呈现出一种自我分裂的趋向。与大自然融合为一体的田园冲动总是与征服自然的悲剧性冲动相冲突。”[①]海明威以非洲游猎经历为素材创作的短篇小说《一个非洲故事》，就充分体现出海明威内心深处的冲突和困惑。

《一个非洲故事》叙述了美国少年戴维跟随父亲和一个非洲向导追杀一头老公象的故事。大约五年前，土著朱玛在树林里打死了老公象的伙伴，现在他们三人一起追杀老公象。对于戴维来说，这次追猎活动将验证他是否已具备成人世界所赞赏的男子汉的勇气和力量；对于戴维的爸爸来说，追猎的目的在于征服老公象，并得到那对每只都值两百磅的象牙。戴维为了向成人世界证明自己的勇气和力量，在大人休息时，趁着月色去追踪大象，并把大象的行踪汇报给爸爸。最后，爸爸和朱玛在戴维的引导下杀死了大象，取得了象牙。鼓声在古老的非洲草原上响起，以庆祝这次追猎所取得的辉煌胜利。此时，戴维却感到孤独和悲伤，他一直在为那头老公象难过。戴维之所以同情老公象，一方面是因为与自己是这个世界中力量弱小的少小者一样，老公象在体力上也已经是一个不再强大的衰老者；但更重要的一个原因是，与只关心象牙和猎杀快乐的成人相比，老公象对自己的伙伴和戴维都怀有温情。即使是被死亡追逐着，老公象仍然回到了多年前自己的同伴被打死的地方，以看望死

① Ann Putnam, *Memory, Grief, and the Terrain of Desire: Hemingway's Green Hills of Africa*, from Robert Fleming, *Hemingway and the Natural World*, University of Idaho Press, 1999, p. 99.

去的同伴。即使是死于人类的枪口下，老公象临死前仍然用满怀眷恋与爱意的眼神凝望着小戴维。戴维目睹了那头气概尊贵威严、风度堂堂的老公象，在人类的贪婪和暴力面前，顷刻间化为皱瘪瘪的一大堆皮肉，他感到十分悲伤绝望。爸爸并不是靠追杀大象求生存的，为什么还一定要杀死大象，敲下象牙？戴维对此困惑不解，爸爸却认为戴维的这些想法是十足的糊涂。因此，当追猎英雄们将庆祝胜利的恩戈麦鼓擂得越来越响时，戴维的内心深处却感到无比孤独。

很显然，在对待人和自然、人和他者的关系问题上，《一个非洲故事》传达出两种不同的声音。掌握着话语控制权的是爸爸代表的成人世界，他们在征服自然，猎杀野生动物的过程中实证了人类的智慧和力量，同时，也以暴力书写着人类的贪婪和人类中心主义的伦理残酷性。而在小戴维和老公象相互悲悯体恤的情感交流中，我们捕捉到了一种更具包容性的意义召唤。这种意义召唤指向的是史怀泽倡导的敬畏一切生命的伦理："有思想的人体验到必须像敬畏自己的生命意志一样敬畏所有生命意志。他在自己的生命中体验到其他生命。……伦理与人对所有存在于他的范围之内的生命的行为有关。只有当人认为所有生命，包括人的生命和一切生物的生命都是神圣的时候，他才是伦理的。"①

在史怀泽看来，只涉及人的伦理学是不完整的，只有体验到对一切生命负有无限责任的伦理才是一种有深度、有活力、完整的伦理学。以此为参照，海明威的非洲游猎作品中的伦理困惑源自他本人的人类中心主义伦理思想的不完整性。尽管他也向往自然和原

① ［法］阿尔贝特·史怀泽著，［德］汉斯·瓦尔特·贝尔编，陈泽环译：《敬畏生命》，上海社会科学院出版社 1995 年版，第 9 页。

始，谴责美国式工业文明的破坏性，但是他的基本出发点和最终归宿仍然是自身的利益和需要。在强调生态整体主义利益的现代深层生态伦理学看来，这种为了人类自身的利益和需要而保护自然的观点仍然是一种有缺陷的现代人类中心主义伦理思想。在《非洲的青山》结尾处，海明威写道：

> 我们一旦到达一片大陆，这大陆就迅速变老。土著与之和谐地生活在一起。但是外国人大肆破坏，砍下树木，抽干河水……土地对被开发感到厌倦。一个地区会迅速衰竭，除非人们把所有的残留物和所有的牲畜都还给它。等到人们放弃使用牲畜，改用机械时，土地就迅速打败了他们。机械不可能再繁殖，也不可能使土壤肥沃，它吃得是人们所不能种植的。一个地区应该是我们发现它时的那个样子。我们是闯入者，等我们死后，我们也许已把它毁掉，但它仍然会在那里，而我们不知道接下来会有什么样的变化。我看它们的结局都会像蒙古那样。
>
> ……我们的祖先到美国去是因为当时那是值得去的地方。那里曾经是个好地方，但我们把它搞得一团糟了，所以现在，我要到别的地方去，因为我们永远有权利到别的地方去，而且我们也总是去的。你永远都可以回来。让那些不知道已经去得太晚的人到美国去吧。我们的祖先看到过它最辉煌的时候，并且在值得为之奋斗的时候为它奋斗过。现在我要到别的地方去了。从前我们常常到别的地方去，而且还是有些好地方可以去的。
>
> 我见到一个好地方时就能辨别出来。这里有猎物，很多鸟儿，而且我喜欢这些土人。我能在这里射猎，捕鱼。这些，再加上写作，阅读，看电影，就是我最想做的事情。①

---

① ［美］海明威著，张建平译：《非洲的青山》，上海译文出版社 1999 年版，第 242～243 页。

上面的文字表明，海明威在质疑和反思工业文明的生态破坏性与文化扩张性的同时，又为自己保留了不断地侵入更有生命活力的异域空间的权利。如此，在伦理道德关怀的层面上，海明威召唤自然原始的非洲书写就陷入了无法超越的价值悖论。这种价值悖论赋予海明威的文本一种审美张力，也为读者提供了对其文本进行多向度解读的可能性。

在对海明威与美国的印第安文化、西班牙文化、非洲文化的关系做了上述梳理、分析后，我们不难看出，海明威先后是以美国中产阶级白人男性、美国著名作家的身份介入这些边缘或异域的文化空间中的。在这些空间中，海明威既摆脱了传统的清教伦理对个体自由和感性快乐的压抑，又与现代工业文明的异化、商业文化的庸俗保持了一种疏离关系，将自我生命打造成一个与主体自由、感性快乐、独特的艺术话语共在的个人传奇和艺术神话。从总体上看，海明威在边缘和异域文化空间中打造的个人传奇和文学神话，一方面反映了现代作家与主流社会之间的疏离关系，透视出美国现代工业社会结构内部的主体自由要求与组织化管理控制之间的矛盾冲突，在此意义上，海明威及其边缘和异域叙事既满足了美国现代读者对开疆拓土时代的怀旧情愫，又让他们从现代工业社会的组织化管理所造成的个性压抑、生活的同质化中解放出来；另一方面，在海明威的边缘和异域叙事结构中，占据中心位置的又是凭借个体生命的力量在边缘和异域空间中建构主体自由和快乐的海明威式准则英雄，他们的边缘和异域生活吸引着美国读者去原始的非洲、美丽的西班牙、瑞士的滑雪场、古巴的渔村去观看异域美景和奇异风俗，体验追逐猎杀、惊险的斗牛、寂静的垂钓等个性化休闲、旅游、运动的现代消费快乐。海明威《短篇小说全集》的编辑者小查尔斯·斯克里布纳曾经发出过这样的感慨：“正如在其他领域中一样，海明威在发掘可以成为旅游热点的胜地和游乐项目方面，也走在他同侪前面。”“海明威一定是文学史上最有洞察力的旅行家之一。”① 海明威去世后，美国旅游公司推出的追寻海明威文学书写踪迹的美国西部之旅、非洲之旅、西班牙之旅等商业性旅游文化活动，印证了小查尔斯的说法。海明威的边缘和异域文学书写活动在带动美国的现代休闲、旅游、运动等消费行为方面所产生的影响表明，海明威与主流社会的疏离行为在召唤反现代控制和异化的美学自由和感性解放的同时，又在日常生活实践中带动了一种与现代工商业发展的利益要求一致的运动、休闲、旅游的现代生活方式，一种典型的美国式生活方式。但正是这种看似个性化的现代休闲、运动的生活方式将现代人的个体自由和感性解放的快乐交给了旅游公司、旅游用品制造商的共同操控。这样一种审美召唤的意义指向与日常生活实践的意义导向之间的分离，反映了美国现代社会结构内部个人与社会、自由与控制之间的深层张力。

当然，不可否认，海明威的边缘和异域叙事也触及了美国现代社会中印第安人代表的少数人话语问题、西班牙斗牛习俗的民族文化本真意义问题、非洲大陆的白人殖民统治与非洲土著的民族独立问题。但是，经由海明威式英雄的主体意志和现代美国式的休闲、运动生活方式地擦抹，印第安人被嵌入无声无息地叙事背景中，西班牙斗牛的沿革历史、斗牛士复杂多样的现代生存境遇就让位给了海明威喜欢的直面死亡、突显男性气概的现世悲剧表演，非洲大陆

---

① ［美］海明威著，陈良廷等译：《短篇小说全集·出版者序》上册，上海译文出版社 1999 年版，第 3 页。

则更是成为他验证自己的力量和猎杀技艺的巨大游猎场。如果说海明威的边缘异域叙事与少数人的声音、多元文化、生态伦理有什么关联的话，那就是海明威的文本为现代读者审视和反思美国社会现代化进程中的白人与少数族裔、主流文化与异质文化、个人主义价值与多元伦理等问题提供了可能性。在学术界高谈文化多元主义、生态整体主义，经济发展领域中美国化正在向全球化范围内渗透的今天，海明威的美国化边缘异域文学书写尤其值得我们反思。

第三章

精英、传媒、大众合谋打造的海明威神话

长期以来，由于海明威在美国文学史上的地位总是跟20世纪20年代去巴黎追求艺术拯救的美国高雅文学联系在一起，与1954年的诺贝尔文学奖获得者这一文学精英地位联系在一起，人们普遍忽视了海明威本人及其作品与美国的大众传媒、大众文化消费活动之间的密切关系。实际上，海明威从一个有志于成就一番文学事业的巴黎朝圣者，到最终成为享誉世界文坛的美国文学英雄，海明威本人的自我打造、大众传媒的商业化经营策略，大众的文化消费、复制，都参与了这一文学英雄的制造过程。历史地审视和反思这一文学英雄的打造过程，有助于我们对以下问题做出更深入的思考：其一，在美国的商业消费社会中，精英文学如何与商业运营合谋生产大众需要的文化意义和快感；其二，文学生产与资本主义意识形态之间的复杂关系；其三，在大众文化时代，如何看待精英文学的历史命运和艺术使命。因篇幅所限，笔者对上述问题的思考将主要围绕《老人与海》的产生和接受展开。

一、海明威与大众传媒的合谋经营

结构主义的西方马克思主义理论家马歇雷认为，文学写作不是一种独立自主的创作，而是一个生产过程。他反对把作者看作是创造者，认为作家实质上是生产者，没有理由将文学生产看得比别的生产更神秘。在此意义上，将作家放入资本主义的生产经营机制中来看，一个人成长为著名作家的过程，也就是他本人与图书传媒业相互选择、合谋制造文学产品的过程。就海明威而言，他之所以能够在1926年因《太阳照常升起》的出版而一举成名，与他选择出版社时的精明独到是分不开的。

事实上，海明威早在写作《太阳照常升起》之前，就深谙作家声名的经营之道。1923年，刚刚发表了几部短篇小说的海明威就致信当时著名的文学评论家埃德蒙·威尔逊，请他为自己即将出版的短篇小说集《在我们的时代里》撰写书评。这颇有点精明的厂家在产品问世之前，先找著名的广告公司制作广告的意味。海明威在信中写道："您能否等《在我们的时代里》出版之后再在《太阳仪》'简评栏'中评我的书。《在我们的时代里》大约下个月可出，出后即当寄上一册。您看了之后会知道我追求的是什么，这两本书可以放在一起评（另一本是《三篇故事和十首诗》）。"①

如果说这封信还带着急于出名又对自己的产品把握不准的小学生请名人引路时的谦恭态度，那么，在对自己的产品有足够的成功

① 董衡巽编选：《海明威谈创作》，生活·读书·新知三联书店1985年版，第95页。

把握后，海明威就显示出与商业经营者相似的精明有余、厚道不足的一面。1925 年 10 月，经安德森的推荐，海明威第一本在美国出版的短篇小说集《在我们的时代里》由博内—利弗莱特出版公司出版。该公司是 1914 年涉足出版业的新秀，安德森是该公司十分器重的当红作家。《在我们的时代里》出版后，博内—利弗莱特出版公司与海明威约定，他此后写作的三本小说将交由该公司出版。同年，安德森发表了长篇小说《黑色的笑声》。该小说表明，安德森的文学事业已经在走下坡路。年底，海明威在完成了《太阳照常升起》的初稿后，于 11 月 20 日至 26 日，一口气写作了一部戏仿小说《春潮》，刻意嘲讽安德森的文风和原始主义倾向。海明威把《春潮》寄给了博内—利弗莱特出版公司。老板之一霍拉斯·利弗莱特看后很吃惊，在给海明威的回信中写道："如果我们愿意把它刊行，那会显得庸俗不堪，更不用说是狠心之至了。"① 海明威之所以这么做，其用意有二：第一，他可以借此与文名渐衰的安德森脱开干系。海明威的《在我们的时代里》问世后，很多评论者都将海明威的文风归之于安德森的影响，决心要自成一家的海明威拒不承认。出版一部戏仿安德森的小说，就可以避免评论界再拿他的小说与安德森的相提并论。第二，海明威借助蓄意戏仿安德森的《春潮》，与有约在先的博内—利弗莱特出版公司解除了合约，由此打入一家在经营方面更成功的大牌出版社斯克里布纳出版公司。斯克里布纳公司创建于 1842 年，是美国出版界的佼佼者，曾经与众多著名作家合作，如伊迪丝·沃顿、亨利·詹姆斯、理查德·哈丁·

---

① 吴劳：《六天写就的精品 六十年后才获真赏》，见［美］海明威著，吴劳译《春潮·老人与海》中译本序言，上海译文出版社 2000 年版，第 5 页。

戴维斯、菲兹杰拉德、托马斯·沃尔夫等。著名编辑马克斯韦尔·帕金斯是该公司的主编。1926年2月，海明威乘船去纽约与斯克里布纳签约，帕金斯答应预支给他1500美元稿费，并且给《春潮》和即将完工的《太阳照常升起》付高达15%的版税。此外，海明威还可以在《斯克里布纳杂志》上源源不断地发表短篇小说，帕金斯则成为为他今后创作的作品做编辑出版工作的最出色的编辑。总之，刚刚出道的文学新秀海明威绝不单纯是一个只关注巴黎的文学朝圣事业的文学天才，在世俗的文学功名和经济利益的经营打造方面，也颇有一些商业头脑和运营手腕。

如果说1926年在出版问题上的精明选择奠定了海明威在美国文坛上的著名作家地位，那么，到了20世纪50年代，海明威再次与大众传媒合谋经营，成功地打造出了空前畅销的杰出产品《老人与海》。

毋庸置疑，海明威的现代叙事艺术在《老人与海》中得到了最完美的体现，但是，该小说在图书市场上获得的巨大成功，首先应当归功于《生活》杂志社出色的商业运营策划。

1950年圣诞节后不久，海明威在古巴哈瓦那郊区自己的别墅“观景庄”开始写作桑提亚哥的故事。其时，他正在创作一部关于“陆地、海洋与天空”的小说，桑提亚哥的故事是这部小说的第四部分。海明威自己曾声称，他只用了八个星期的时间写作了桑提亚哥的故事，经过删减，形成了一个只有26531个字的独立故事，最后命名为《老人与海》。当时，《世界报》杂志的一位编辑专程从纽约赶往海明威在古巴芬卡的家，表示愿意出一万美元购买《老人与海》，并将其在《世界报》上整期刊出。海明威在1952年3月写给斯克里布纳出版社编辑华莱士的信中曾提起这件事。他认为杂志先刊登，再出版书，人们突然感到惊愕的效果就没有了，而且对方只出一万美元，报酬太低，得不偿失。于是，海明威当即拒绝与《世界报》合作。1952 年 2 月，正在哈瓦那度假的利兰 · 海沃德建议海明威将《老人与海》交由《生活》杂志刊载。5 月份，海明威与《生活》杂志达成协议，杂志社付给海明威四万美元的高额稿酬，在 9 月份第一期全文刊载《老人与海》。

《生活》杂志是 1936 年创刊的一份图片周刊。在 20 世纪 50 年代的美国，除了《读者文摘》，《生活》是最畅销的杂志之一。在决定刊载海明威的《老人与海》之前，《生活》杂志还从未用一整期的版面全文刊载一部小说。因此，对于《生活》杂志来说，这是一次前所未有的商业冒险。但是，正因为这是一次商业冒险，《生活》杂志为《老人与海》的整期刊载做了极为周密的推销策划。詹姆斯 · 艾 · 米切纳当年曾经应邀为即将刊载的《老人与海》写一份新书报道。1984 年，他在为斯克里布纳出版社整理出版的海明威遗作《危险的夏天》写作的引言中，透露了 1952 年《生活》杂志为刊载《老人与海》而进行的大规模商业运营活动的始末。

1952 年夏天，《生活》杂志社的信使找到了正在朝鲜战场参战的詹姆斯。来人告诉詹姆斯，《生活》杂志准备实施一项空前的计划，用整期杂志刊载海明威的小说《老人与海》；并且说，杂志社为实施这个计划投入了大量的金钱，也包括杂志社的声誉，因此他们“想以可能的最好的形式发表这篇故事”。所谓“可能的最好的形式”，实则是调动一切可以运用的、最有效的商业促销手段，来保证《生活》杂志从这次商业冒险投资中获得最大的市场回报。于是，他们找到了刚刚开始从事文学创作、将海明威当作自己崇拜的偶像、在冷战时期的朝鲜战场上为美国人民信仰的世界和平而战的詹姆斯。为了充分挖掘、利用初入文学之门的詹姆斯为海明威写新书报道时的虔敬之情，并确保不泄漏商业秘密，《生活》杂志的信使告诫他说，交给他阅读的书稿是纽约以外唯一的一份，要求他一定保管好，不要被他人发现。接下来，詹姆斯在偏远山区的小屋里，读完了《老人与海》的校样，为自己能有机会称颂一位大师的杰作而激动不已。在《生活》杂志刊载《老人与海》之前，由詹姆斯撰写的赞美性报道在美国各地以整版的广告刊出。詹姆斯后来得知，在《生活》杂志的信使将那份绝密的校样交给他的同时，该杂志还在美国和欧洲各地另外分发了600份给制造民意的人，每一份都是绝密的、独一无二的。结果是，当刊载《老人与海》的那一期《生活》杂志在1952年9月的第一周出版时，事先在世界各地发布的那601份赞美性报道已经为海明威的这部新作《老人与海》营造出一个人人翘首以盼的接受氛围。

自从1940年出版《丧钟为谁而鸣》以来，海明威已经十年没有发表与他的名作家身份相称的作品。在1950年出版的《过河入林》中，海明威描写一位老上校坎特韦尔去威尼斯猎野鸭期间，对他的干女儿——一位年轻貌美的伯爵小姐雷娜塔追忆自己在战争中的经历。海明威借用了美国内战时期著名的将军托马斯·杰克逊临死前说的一句话“让我们蹚水过河，到树荫下休息”①，给小说取名为《过河入林》，试图表达一种男子汉坦然接受死亡，视死亡为树荫下休息的无畏精神。但是，在小说的整个叙事进程中，读者看到的是，一位“廉颇老矣”的硬汉吃着该死的药丸，品味着如干女

① ［美］海明威著，王蕾译：《过河入林》，上海译文出版社1999年版，第283页。

儿身体一样丰满可爱的葡萄酒，酒后躺在床上，如情人般将干女儿年轻美丽的身体拥在怀中，梦呓般地述说着如今不再的昔日勇猛。因此，当坎特韦尔上校心脏病突然发作，在死亡来临前仍奋力背诵杰克逊的名言“让我们蹚水过河，到树荫下休息”时，读者意识到，对于海明威来说，与男子汉的勇气同在的叙事艺术已经蜕变成一种老硬僵化的龟壳了。美国读者对海明威十年磨一剑锤炼出的《过河入林》大失所望，评论家更是频频摇头。在这样一种无人喝彩、著名作家的艺术才能江河日衰的寂静中，海明威又打出了最漂亮的一拳《老人与海》。海明威，这头十年昏睡后一声怒吼的老狮子，成为《生活》杂志和《老人与海》最好的促销代言形象。这一促销形象在编辑部给《老人与海》撰写的编辑序言中描绘出来：“故事中的桑提亚哥就是上了年纪的作者海明威，马林鱼就是他高贵又漂亮的作品，鲨鱼则是那些攻击成性地损毁他的作品和荣誉的批评家。”① 至此，《生活》杂志为海明威十年沉寂以后的重新出场作出了最精妙的市场策划和形象设计。

除了《生活》杂志精明周密的商业策划和促销手段，海明威本人也积极寻求权威评论家的支持。二十多年前，海明威为了登上美国文坛，曾经写信请求威尔逊为他说一些溢美之词。这一次，海明威想到的是德高望重、已是八十多岁的美国著名艺术史家伯纳德·贝瑞孙。海明威在致贝瑞孙的信中写道：

> 我请问您想不想、愿不愿意或者高不高兴为这本书写二三句或一句话作为斯克利布纳出版公司的介绍之用，这个要求是否恰当？您是

① Gerry Brenner, *The Old Man and the Sea: Story of a Common Man*, Twayne Publishers, 1991, p. 9.

我所尊重的唯一批评家，如果您真的喜欢这本书，这将打击一下某些我所不尊重的人。如果您觉得我这个要求并不光彩，那请您不必写，忘掉这件事算了。我提出这个要求觉得不太光彩。不管如何，您知道我寄书给您，并不是为了这个目的。①

海明威在信中还自我表白说，在《老人与海》中，“没有什么象征主义的东西。大海就是大海，老人就是老人，孩子就是孩子，鱼是鱼。鲨鱼全是鲨鱼，不比别的鲨鱼好，也不比别的鲨鱼坏。人们说什么象征主义，全是胡说。更深的东西是您懂了以后所看到的东西。一个作家应当懂得许许多多东西”②。海明威的自我表白，一方面回应了《生活》杂志的编辑序言中关于鲨鱼是批评家的说法，淡化自己对批评界的不满；另一方面又暗示《老人与海》是一部意蕴丰富的伟大作品。贝瑞孙收到海明威的信后，写了下面几句话给他：“《老人与海》是一首田园乐曲，大海就是大海，不是拜伦式的，不是麦尔维尔式的，好比荷马的手笔；行文又沉着又激动人心，犹如荷马的诗。真正的艺术家既不象征化，也不寓言化——海明威是一位真正的艺术家——但是任何一部真正的艺术品都散发出象征和寓言的意味。这一部短小但并不渺小的杰作也是如此。”③贝瑞孙将海明威的叙事艺术与现代作家区别开来，与今人无法企及的荷马相提并论，海明威看后十分满意，立即将这段话推荐给出版社，作为宣传《老人与海》的简介。

---

① 董衡巽编选：《海明威谈创作》，生活·读书·新知三联书店1985年版，第146页。

② 董衡巽编选：《海明威谈创作》，生活·读书·新知三联书店1985年版，第145页。

③ 董衡巽编选：《海明威谈创作》，生活·读书·新知三联书店1985年版，第138～139页。

经过大众传媒与海明威本人的合谋经营打造，《老人与海》在图书市场和文学评论界都取得了巨大成功。刊载《老人与海》的那期《生活》杂志两天之内售出了5318650份。将这个发行数字与《生活》杂志停刊前的发行量做一个对比，就可以了解这次精明的市场策划带给《生活》杂志的是一种何等巨大的商业成功。1970年,《生活》杂志的全年发行量是850万份。1972年全年的发行量是550万份，收入不足以维持发行，导致《生活》杂志停刊。在《生活》杂志收获了丰厚的市场回报的同时，海明威本人更是名利双收。海明威从《生活》杂志获得的稿酬是4万美元。若以千字计算，相当于每千字1500美元。随后出版的《老人与海》单行本一次就卖出了15.3万册。"本月新书俱乐部"付给海明威稿费2.1万美元。该书在畅销书排行榜上达半年之久。在法国、德国、意大利、日本等国的学校里，该书被收入英语教科书，作为必读的英语课文。1953年，海明威因《老人与海》获得普利策奖文学奖。1954年，海明威获得诺贝尔文学奖。1958年，好莱坞付给海明威2.5万美元购买《老人与海》的电影拍摄权，又付给他2.5万美元请他做拍电影时的捕鱼顾问。[①]（格里·勃伦纳在研究《老人与海》的专著中称好莱坞付给海明威的报酬是15万美元。[②] 海明威的儿子帕特里克在1999年出版的《曙光示真·序言》中也称好莱坞付出了15万美元购买《老人与海》的电影拍摄权。）

过去，喜爱海明威的读者总是将《老人与海》看作是由经典作

① ［美］贝克著，林基海译：《迷惘者的一生——海明威传》（下），湖南文艺出版社1987年版，第906页。

② Gerry Brenner: *The Old Man and the Sea: Story of a Common Man*, Twayne Publishers, 1991, p. 17.

家创作的、表现超越时空的人类不败精神的精英文学。但是，我们还应该看到，在市场经济包括图书出版在内的大众传媒都十分发达的美国，一部文学作品能否成为大众广泛传播的经典，往往与商业化的运营打造是分不开的。《老人与海》的成功就是一个典型的例证。

二、《老人与海》与20世纪50年代美国社会的精神结构

海明威在《老人与海》中叙述的是老渔民桑提亚哥钓鱼的故事。表面看来，桑提亚哥生活的世界与当时美国人的日常生活、社会政治结构相距遥远，与古巴的巴提斯塔独裁统治、卡斯特罗革命也毫不相干。但是，桑提亚哥征服马林鱼、与鲨鱼搏斗的故事令无数美国人热泪盈眶。有人以此在教堂讲道。海明威每天都收到近百封赞扬信件。他的意大利文翻译者一边翻译一边流泪。缘何桑提亚哥的故事令20世纪50年代的美国人感动至此？难道美国人都是因为小说中所体现出来的海明威那登峰造极的艺术天才而动情流泪吗？

法国的结构主义的马克思主义文学批评家戈德曼认为，文学作品不是个人天才的创造物，而是作家所属的社会集团的“超个人的精神结构”（trans-individual mental structures）的创造，即那个集团共有的观念、价值、理想的结构的体现。越是杰出的作品也越能清楚地表达他所属的社会集团的世界观或集体意识。也就是说，一部作品越是能表达社会集团完整一致的世界观，它就越具有艺术生命力。戈德曼力求建立起一种将作品与社会相联系，将作品的结构与作家所属的社会集团的精神结构相联系的批评方法，认定“作品所

表现的世界的结构与某些社会集团的精神结构是同源的（homology），或者有着可以理解的关系"①。在此意义上，笔者认为，1952年问世的《老人与海》之所以打动了美国人的心灵，是因为小说中所蕴含的观念、价值、理想传达了20世纪50年代美国主流社会的精神结构。

20世纪50年代美国社会的变化体现为两个最基本的特点：一个是美国在西方国家中的全球战略、经济发展等领域内的领袖地位；另一个是后工业社会缓慢然而不可避免的形成和发展。其中，第一个变化决定了美国的国际政治结构，而第二个变化决定了它的社会生活结构。无论是在美国的国际政治结构中，还是在社会生活结构中，都蕴藏着新的矛盾冲突和危机意识。在国际舞台上，一方面，美国正在称雄世界，扮演着所谓维持世界秩序的霸主角色；另一方面，美国又与以苏联为代表的社会主义世界陷入冷战的局面。在此背景下，美国大众的民族观念中由强盛国力滋生的爱国主义、英雄主义豪情与怀疑主义的恐慌、焦虑共存。在国内生活中，20世纪50年代的美国是物质繁荣的消费天堂，以致占世界6%的人口消费了世界33%的商品。但是，与此同时，社会的组织化、生活的均质化又导致个体生存的孤独、焦虑和绝望，年轻一代中出现了反社会、反文化、反政治的嬉皮士、"垮掉的一代"。在这样一种复杂的民族文化心理和审美情感期待视野中，那种混合着英雄主义和个人主义的自豪、悲壮、孤独、感伤的故事结构最能令他们感动流泪。在海明威的《老人与海》问世之前，已经有两个与《老人与

① 陆梅林选编：《西方马克思主义美学文选》，漓江出版社1988年版，第569～570页。

海》相类的英雄故事令美国大众动情：一个是国际政治舞台上的麦克阿瑟，另一个是电影屏幕上加里·库珀扮演的威尔·凯恩。

1950 年 6 月，朝鲜战争爆发。1950 年 9 月，麦克阿瑟将军率美军入朝。麦克阿瑟在仁川登陆后，继续向鸭绿江挺进，并派兵轰炸鸭绿江北岸。《纽约时报》报道了麦克阿瑟企图利用中国的蒋介石军队开辟第二战场、扩大战争规模的计划。参议院议员麦卡锡则煽动说，如果不允许麦克阿瑟利用蒋介石的军队就等于是“叛国”；也有人批评麦克阿瑟蔑视杜鲁门和联合国的指挥权。美国总统杜鲁门因为麦克阿瑟无视总统和联合国的指挥权，将战火烧到鸭绿江以北，于 1951 年 4 月 11 日解除了麦克阿瑟的一切职务。但是，麦克阿瑟的解职事件在美国公众中引发了一场总统信任危机。《芝加哥论坛报》在头版社论中叫喊：“弹劾杜鲁门。杜鲁门总统应该被弹劾和定罪。他草率和报复性地撤销了麦克阿瑟将军的职务，这是他一系列行动的顶点，表明无论是在道德方面还是在心智方面，他都不适合担任总统。”① 杜鲁门在全国广播电视节目中为自己的决定作了辩护。他说，麦克阿瑟的行动可能引发一场大战。尽管此时的《纽约时报》《圣路易斯邮讯报》和其他一些大报坚决支持杜鲁门，但盖洛普民意测验表明，近 70% 的人积极支持麦克阿瑟。数千万人从电视上观看了麦克阿瑟在国会联席会议上的讲话。当麦克阿瑟最后说出“老将军们决不会死，他们只会逐渐消失”时，美国观众已经是热泪盈眶。人们在从旧金山开始的游行中表达了对麦克阿瑟的爱戴，含着眼泪高唱：“老兵不会走……老兵不会走……”美国大

① ［美］迈克尔·埃默里、埃德温·埃默里著，展江、殷文主译：《美国新闻史：大众传播媒介解释史》，新华出版社 2001 年版，第 417 页。

众的眼泪表达了他们对麦克阿瑟这位正在退场的英雄的复杂情感。第二次世界大战中，麦克阿瑟曾经率军转战太平洋战区，而今，进入冷战时代后，美国人崇拜的英雄主义神话却已经蒙上一层无奈的感伤色彩，与推出《老人与海》之后就再也没有作品出版的海明威似乎有某种相似之处。

现实政治中的麦克阿瑟完全隐入私人生活后，好莱坞推出了一部电影《正午》。这部电影迎合了此时美国大众文化心理中感伤的英雄主义情感。电影中的硬汉英雄威尔·凯恩由加里·库珀扮演。说起来，库珀也是美国大众心目中的一个硬汉偶像，自20世纪20年代以来，就具有强大的票房号召力。1940年，他与海明威结识，并成为好朋友。海明威很欣赏库珀的男性气概。在由《丧钟为谁而鸣》改编的电影中，库珀扮演海明威笔下的硬汉英雄乔丹。然而，到了20世纪40年代末50年代初，他的额头和嘴角上的皱纹越来越深，他在观众心目中的硬汉形象魅力也在一点点褪色。1951年，库珀年满50岁，《电影先驱》杂志从它的十佳卖座影星排行榜中去掉了他的名字。就在这样一种岁月造就的英雄老迈、即将退场的劣势中，库珀出演《正午》中的老英雄凯恩。这位年事已高的银幕硬汉的精彩表演为库珀赢得了美国的学院奖。实际上，库珀与他此时扮演的角色之间有一种境遇认同感。《正午》中的硬汉凯恩是哈德利小镇上一位即将退休的警长，他娶了一位年轻美貌的女子为妻，并准备带着她一起离开，到另外一个镇上去开一个杂货店，过一种幸福安宁的生活。但就在他要离开之际，得知五年前他协助抓进监狱的一个罪犯现在放了出来，还带了三个歹徒做帮手，正赶往哈德利镇，要找警长报仇。在去往新家的路上，凯恩觉得他不能在这些恶棍面前怯懦逃跑，于是，他不顾主张和平主义的妻子的阻拦，掉头又回到了哈德利镇。令凯恩惊恐的是，他发现镇上的乡亲们在过了五年平安的日子以后，都不愿意再站在他这边，跟他一起战斗。没有了乡亲们的帮助，凯恩只好孤军奋战。按照西部片的套式，凯恩在这场孤独的斗争中赢得了最后的胜利。然而，当镇上的人们向他欢呼喝彩时，凯恩冷淡地拒绝了，并摘下徽章，迈开大步，独自离去。这种胜者无所得的英雄悲凉令美国大众感慨万千。1952 年 7 月 30 日，《正午》首映式在纽约举行。5 周以后，海明威的《老人与海》在《生活》杂志上刊出。美国人捧读桑提亚哥与大鱼孤独搏斗的故事，激动又伤感。此时此刻，在美国大众的英雄主义感伤心理中，他们为麦克阿瑟、库珀、凯恩、海明威、桑提亚哥这几个孤独的老英雄抛洒的泪水交汇在一起了。

阿尔都塞认为，既然创作主体始终处在意识形态的氛围中，因此，文学生产实际上就是艺术家将既有的意识形态材料加工成作品的过程。“每一件艺术作品，都是由一种既是美学的又是意识形态的意图产生出来的。”[①] 在此意义上，《老人与海》从一个普通渔夫的打鱼故事到一个感动了美国大众的硬汉神话的生产过程，也是第二次世界大战后美国占主导地位的意识形态与海明威本人的主体意识、审美召唤相互作用并产生新的意义的过程。

从现有的海明威研究资料所提供的信息来看，《老人与海》的故事取自现实生活中一位古巴渔夫的真实经历。桑提亚哥的生活原型是一位叫格雷格里奥·富恩斯特的古巴渔民。富恩斯特出生在西班牙的加纳利群岛，6 岁时随父亲前往古巴。途中父亲病故，富恩斯特成为只身在古巴求生存的穷苦孤儿。富恩斯特是航海打鱼的高

① 陆梅林选编：《西方马克思主义美学文选》，漓江出版社 1988 年版，第 537 页。

手。1928 年，他驾船前往美国新奥尔良，途中遭遇热带风暴。就在他准备弃大船登小船逃生时，发现了驾着小船在风雨中搏斗的海明威，于是，邀请他上了自己的船，两人共渡难关，并由此成为好朋友。1934 年，海明威购买“彼拉”号后，请富恩斯特做了“彼拉号”的船长，月薪 250 美元。此后，两人经常一起出海钓鱼。1960 年，海明威由于政局变动离开古巴时，将“彼拉”号留给了富恩斯特。海明威去世后，富恩斯特将“彼拉”号捐给了古巴政府，并协助政府在海明威故居建立了海明威博物馆。富恩斯特本人成为博物馆的馆长，负责接待到海明威故居参观旅游的外国游客，不再驾船航海打鱼。2002 年，104 岁的富恩斯特去世。世界各大网站和报刊都以“海明威的《老人与海》原型在古巴去世”为题对这一消息进行了报道。富恩斯特去世后，古巴当局曾要求美国政府一起出资修缮海明威博物馆，美国拒绝投资，理由是他们不能出资资助古巴的旅游业。从富恩斯特一生的经历中，我们可以提炼出《老人与海》文本之外的另一个故事，这个故事或许可以取名为“当古巴渔民遭遇美国作家海明威”。故事的内容已经偏离了古巴渔民艰难的航海打鱼生涯，而成为美国名人出资在古巴打造的一个美国梦。在这个美国梦的打造过程中，古巴渔民富恩斯特的身份在发生变化，由渔民而为美国名人的友人，由友人而为船长，由船长而为馆长。在某种意义上，富恩斯特的身份变化过程构成了一个美国的个人成功神话在海外扩张的隐喻。值得我们深思的是，在冷战时代结束后，在全球化和多元化话语并存的今天，当美国政府意识到经由海明威的金钱资本和文化资本打造出来的海明威博物馆正在给古巴人民带来经济利益时，他们就断然拒绝了古巴政府提出的继续投资修缮海明威文化遗产的合作请求。美国政府对古巴境内的海明威文化遗产的态度，提请世人关注海明威文化遗产的意识形态归属问题。

海明威在对古巴渔民富恩斯特进行经济、社会身份打造的同时，也对富恩斯特的钓鱼经历进行了文学打造，最终提炼出了一个令冷战时代的美国人激动不已的英雄主义神话文本——《老人与海》。根据富恩斯特的叙述，1918 年他 21 岁那年，只身一人去外海打鱼。他钓到了一条约 1000 磅的大马林鱼。大鱼将他的小船拖到了几十公里以外，鲨鱼将大鱼的身体吃掉了一大半，上岸时只剩了一个大鱼骨架。1928 年，海明威结识富恩斯特。1936 年，海明威在《老爷》杂志上发表了一则关于古巴渔夫捕鱼的通讯。通讯中，有关渔夫捕鱼的一段文字如下：

> 一个老人独自在加巴尼斯港口外的海面上打鱼，他钓到一条马林鱼，那条鱼拽着沉重的钓丝把小船拖到很远的海上。两天以后，渔民们在朝东方向六十里的地方找到了这个老人，马林鱼的头和上半身绑在船边上。剩下的鱼肉还不到一半，有八百磅重。鱼在深水里游，拖着船，老人跟着它一天、一夜、又一天、又一夜。鱼泛到海面上，老人驾船过去钓住它。鲨鱼游到船边袭击那条鱼，老人一个人在湾流的小船上对付鲨鱼，用桨打、戳、刺，累得他精（筋）疲力尽，鲨鱼却把能吃到的鱼肉统统吃掉。渔民们找到他的时候，老人正在船上哭，损失了鱼，他快气疯了，鲨鱼还在船的周围打转。①

这则通讯经常被研究者作为海明威创作《老人与海》的素材提及或引用。陆建德先生在《大写的渔夫与“做作的男子气概”》一文中指出：“现实生活中的渔夫与小说中的主人公圣地亚哥是截然

① 董衡巽编选：《海明威研究》，中国社会科学出版社 1980 年版，第 14 页。

不同的人物。通讯中的渔夫以捕鱼为业，他并不看重捕鱼、杀鱼的形而上意义，他关心的是开门七件事，是这条险些要了他命的大马林鱼最终能为他带来多少收益……他毫无英雄意识，不计较什么'男子气概'，不过倒也可爱得很，当着别人的面哭也无所谓。当这故事被海明威提炼成小说后，捕鱼的谋生目的已经淡出。"① 陆先生对《老人与海》的剖析笔锋犀利，道出了海明威是如何将现实生活中的渔夫打造成"大写的渔夫"、带有"做作的男子气概"的海明威式英雄的个中奥秘，使笔者深受启发。继续深究海明威的文学文本打造过程，笔者认为，大写的渔夫、大写的海明威与大写的美国人三者的精神结构是同源的，都是20世纪50年代美国社会的主导意识形态作用下的产物。实际上，海明威在写作通讯文稿时已经对现实生活中的古巴渔夫形象做了一些修正。富恩斯特是在年轻力壮的21岁时只身钓到大马林鱼的，他的马林鱼约重1000磅，通讯中的渔夫变成了老人，大鱼的体重变成了约1500磅。这种修正与海明威本人越来越膨胀的自我英雄意识是一致的。在20世纪30年代美国经济大萧条时期，海明威去非洲追猎归来后发表了追猎记录《非洲的青山》，遭到文学评论界的批评。最早对他做出肯定性评价的威尔逊也批评他运用自己的散文技巧来表达自己的过度自信，由此写出了他生命中最糟糕的内容。威尔逊的批评切中了海明威越来越膨胀的自我英雄意识。事实上，从巴黎归来后，不管是在文学写作中，还是在现实生活中，海明威的确表现出一种越来越关注自己的男性气概的倾向。短篇小说集《没有女人的男人》（1927）和

① 陆建德：《破碎思想体系的残编——英美文学与思想史论稿》，北京大学出版社2001年版，第300页。

《胜者无所得》（1933）都流露出这种倾向。弗吉尼亚·沃尔夫正是在读了海明威的《没有女人的男人》后，发现他正在为一种“做作的男子气概”所苦。[①] 在生活中，发生在海明威与美国诗人、批评家马克斯·伊斯特曼之间的胸毛之争更是将他的自我英雄意识暴露在公众面前。

1932年，海明威研究西班牙斗牛的著作《死在午后》出版后，伊斯特曼在1933年6月7日的《新共和》杂志上发表了题为《正午之牛》的文章。他在文章中指出：

> 当然，海明威对自己是一个不折不扣的男子汉缺乏沉着的自信，这已经是老生常谈了。儿时具备某种微妙的潜质，长大后能否成为艺术家，我们中的大多数人有时会对此心存疑虑。但是，某种特殊的境遇似乎赋予了海明威一种连续的责任感，他极力要证明一种热血男子之气。这不仅在他那不断转动的宽大肩膀和穿着打扮中凸显出来，也表现在他那大刀阔斧的散文风格和他那任其流露出来的激情中。这种突出的特性足以在英语文学中形成一种新的趣味，而且引发了一种名实相符的小说家做派，你或许可以将它称之为一种文学风格，那就是往胸膛上戴假毛。[②]

海明威对伊斯特曼的批评怒不可遏。1937年，海明威与伊斯特曼在斯克里布纳出版社总编帕金斯的办公室相遇。他先是扯开自己的衬衣，露出毛茸茸的胸脯。而后，又揭开伊斯特曼的衬衣，亮出他光秃秃的胸脯。最后，两人扭打在一起。新闻媒体对海明威的

① Jeffrey Meyers, *Hemingway: The Critical Heritage*, Routledge & Kegan Paul Ltd, 1982, pp. 101 ~ 107.

② Jeffrey Meyers, *Hemingway: The Critical Heritage*, Routledge & Kegan Paul Ltd, 1982, p. 176.

胸毛之战表示出极大的兴趣，不同的报刊采用了不同的版本来报道这一事件。甚至有人声称，在威切斯特一个小城，有六个女孩在了解到她们的未婚夫没有胸毛后解除了婚约。《纽约人》杂志刊登了一幅漫画：一个光着膀子、胸口毛茸茸的年轻人，正在接受医生的检查，旁边注有一个词的说明文字："作家?"[①] 海明威本人也的确拍摄过光着膀子展示胸毛的照片。安东尼·伯吉斯在其传记《海明威》中收入了这幅照片，旁边的说明文字是"海明威，正摆姿势照相，以证明他的胸毛是真的"[②]。在此时期，海明威还开始给一本男性杂志《老爷》写稿，发表了 23 篇描写狩猎和捕鱼的文章。[③] 老渔夫独自与大马林鱼搏斗的故事就是在此背景下制造出来的。一个真正的男子汉，即使他老迈如古巴渔夫，依然拥有足够的力量和技巧，独自一人捕获大鱼。通讯结尾处所描写的老人失去大鱼时的愤怒和哀伤，似乎表露出了海明威此一时期的心理焦虑。

当海明威频频借助钓大鱼、猎猛兽、书写男性气概来证明自己的胸毛和文学才能都是货真价实时，他的文学创作跌入了低谷。在短暂体验过《丧钟为谁而鸣》带来的成功之后，直到 1952 年《老人与海》问世之前，缪斯女神似乎再也不愿眷顾这位曾经辉煌过的著名作家了。海明威就像他笔下那些必须要面对命运劣势打造自我的男性主人公一样，在连续十几年写不出好作品的困境中奋力抗争。从 1936 年发表古巴老渔夫独自捕捉大马林鱼的通讯，到 1951

---

① 杨恒达著：《海明威——创造"硬汉"的"上帝"》，长春出版社 1999 年版，第 123 页。

② ［英］安东尼·伯吉斯著，余光照译：《海明威》，百家出版社 2001 年版，第 107 页。

③ 董衡巽编选：《海明威研究》，中国社会科学出版社 1980 年版，第 10 页。

年创作桑提亚哥的故事，这期间经历了15年的岁月打磨。虽然海明威写作《老人与海》只用了八个星期的时间，但是那个借助男性气概打造的硬汉神话一直在他的主体心理中酝酿发酵，最后终于在合适的时间——冷战时代，合适的空间——美国社会的精神结构，形成了一个大写的渔夫、大写的海明威、大写的美国人，甚至也包括大写的人类合一的英雄主义神话。

经过15年的打磨，《老人与海》中的桑提亚哥与现实生活中的原型富恩斯特、通讯中的古巴老渔夫都截然不同。富恩斯特由一个穷苦的年轻渔夫变身为每月有250美元固定工资的“彼拉”号船长，再由船长变身为有身份的海明威博物馆馆长，靠雪茄烟、朗姆酒、漂亮姑娘活到104岁高龄而去世的著名老人，这一由与美国名人海明威同在的金钱资本、文化资本操控的个人身份打造过程被过滤掉了。同样，通讯报道中老渔夫失败后的愤怒和哭泣等世俗的非英雄因素也被过滤掉了。海明威在《老人与海》中将老渔夫桑提亚哥打造成一个与世俗因素无涉、非同寻常的老头儿。从小说开篇的描写中，我们看到，作为一个靠打鱼为生的渔夫，桑提亚哥已经连续85天没有钓到一条鱼。他的船帆缀满了补丁，他的渔网卖掉了，他居住的小窝棚里只有一张床、一张桌子、一把椅子，经济状况一贫如洗。但是，海明威没有让他流露出一点穷人的愁苦和世俗烟火利益的焦灼，相反，这种一贫如洗的境遇更凸显出他与物质主义庸俗无染的质朴、单纯；岁月在他的脖颈上烙下深深的皱纹，在他的脸上涂抹了许多褐斑，在他手掌上刻下了许多伤疤，但是，这一切由岁月留下的苍老痕迹都是为了衬托他那双眼睛，“它们像海水一般蓝，显得喜洋洋而不服输”①；他连续40天没有钓到一条鱼时，男孩的父母说他“倒了血霉”，让跟随他打鱼的男孩离开了他；84天没有钓到一条鱼时，有的渔夫笑话他，有的同情他，但是，他既不生气，也不难过，因为他拥有真正的自尊心。总之，他是个不同寻常的老头儿（他自己也这么认为），他的希望和信心从没有消失过。以前，他曾经创造过一连87天钓不到一条鱼、接着有三个礼拜每天都钓到大鱼的纪录。现在，虽然他不如以前强壮了，但他还有足够的力量，有很多窍门，有决心，因此他注定要在连续84天钓不到一条鱼的困境中做一个创造奇迹的老英雄。凭借男子汉的力量，某种卓越的技巧（斗牛、打猎、拳击、炸桥、写作）和坚强的意志力，在劣势状态下打造自我生命的意义，这正是海明威式英雄的共同特征。与海明威以前作品中的硬汉英雄不同的是，桑提亚哥生活在一个与烟火饭食、世俗男女这些属于形而下的非英雄牵绊因素完全隔绝的境遇中。小说交代，桑提亚哥的早餐只有咖啡，喝咖啡并非如软绵绵的小资般品味咖啡的醇香，而只是为了保存一天的体力必须喝它，“好久以来，吃饭使他感到厌烦，因此从来不带午饭。他在小船的船头上放着一瓶水， 整天只需要这个就够了”②。他的身边也没有女人，甚至连做梦都不再梦见女人。海明威让桑提亚哥独自一人，置身于茫茫苍苍的大海上，只是为了证实他是个不同寻常的老头儿，在他身上凝结着超凡绝俗的力量、勇气和尊严。

首先，为了凸显桑提亚哥的超凡勇气，海明威在文本中为他准

① ［美］海明威著，吴劳译：《春潮·老人与海》，上海译文出版社2000年版，第143页。

② ［美］海明威著，吴劳译：《春潮·老人与海》，上海译文出版社2000年版，第156页。

备了一个最大、最美、最崇高的较量对手。只有与最优秀的对手较量，才能突出桑提亚哥非同寻常的英雄风范。在与大马林鱼的较量趋于白热化的时候，老人一再赞美他的对手："我从没见过比你更庞大、更美丽、更沉着或更崇高的东西，老弟。来，把我害死吧。我不在乎谁害死谁。"① 在赞美大鱼的时候，老人自身的伟大也得以衬托出来。他已经上千回证实过自己就是那个了不起的"冠军"桑提亚哥。他想起自己曾经在卡萨布兰卡与一个大个子黑人比手劲。两个人从礼拜天的早晨开始比赛，八个小时以后，每四个小时换一个裁判，好让裁判轮流睡觉。到星期一早晨天亮的时候，下了赌注观看比赛的人们劝他们以和局结束比赛，桑提亚哥却坚持较量到底。最终经过一天一夜 24 小时的较量后，桑提亚哥又一次证明了自己的冠军实力。眼下，这条真正的大鱼只不过又为他提供了一次证实自己是冠军的机会。"不管它多么了不起，多么神气"，"可是我要把它宰了"，"我要让它知道人有多少能耐，人能忍受多少磨难"。② 因此，老冠军桑提亚哥与伟大、崇高的大马林鱼之战的目的不在于形而下的鱼肉，而是要彰显个体生命无与伦比的力量、勇气、意志和智慧。

其次，为了实证桑提亚哥打不倒的生命尊严，海明威让他与最邪恶、最凶残的敌人搏斗。桑提亚哥在捕获大鱼后，也曾经估算过马林鱼带给他的经济利益。大鱼的重量不止 1500 磅，去掉头尾和下脚，鱼肉约有 1000 磅，照三角钱一磅计算，收入十分可观。但

---

① ［美］海明威著，吴劳译：《春潮·老人与海》，上海译文出版社 2000 年版，第 197 页。

② ［美］海明威著，吴劳译：《春潮·老人与海》，上海译文出版社 2000 年版，第 180 页。

是，海明威不想让他的冠军就此陷入世俗的物质利益盘算，而是安排他继续与鲨鱼搏斗。正如陆建德先生指出的："为了确保大写的渔夫的高大形象，海明威必须将通讯中几百磅鱼肉方方便便地送到鲨鱼嘴里，不然集市上的喧闹和激动将产生一种修辞上的突降效果，即由庄严崇高突降到平庸琐碎。"① 笔者认为，如果说与大马林鱼之战关乎桑提亚哥的个体勇气和冠军声誉，与鲨鱼的搏斗则关乎个体与人类的尊严。作为一个经验丰富的渔夫，桑提亚哥十分清醒地意识到，他的大鱼是注定要被鲨鱼吃掉的。但是，即使明知命运如此，他还是要拼尽全力与鲨鱼搏斗到底。因为他要证明"人不是为失败而生的"，"一个人可以被毁灭，但不能给打败"。② 曾几何时，这句话成为众多致力于为尊严而拼搏的人们的案头、床头、心头必备的铮铮名言。这句话之所以能引发人们的共鸣，就是因为它传达了一种任何情境下都不会衰退的人性尊严。老人最后虽然承认鲨鱼抢走了自己的胜利果实，把自己打败了，但是，在失败面前也不放弃拼搏，也能以内在的骄傲和尊严看待失败，这才是海明威赋予桑提亚哥的主体生命价值和意义。正是在此意义上，海明威最初想给小说取名为"人的尊严"③，后来觉得这个书名太正式，才定名为《老人与海》。

虽然海明威本人曾经声称《老人与海》"没有什么象征主义的东西。大海就是大海。老人就是老人。孩子就是孩子，鱼是鱼。鲨

---

① 陆建德：《破碎思想体系的残编——英美文学与思想史论稿》，北京大学出版社2001年版，第301～302页。

② ［美］海明威著，吴劳译：《春潮·老人与海》，上海译文出版社2000年版，第204页。

③ ［美］贝克著，林基海译：《迷惘者的一生——海明威传》（下），湖南文艺出版社1987年版，第888页。

鱼全是鲨鱼，不比别的鲨鱼好，也不比别的鲨鱼坏”①。但是，正如贝瑞孙在评价《老人与海》时所说的：“任何一部真正的艺术品都散发出象征和寓言的意味。”在此意义上，桑提亚哥与大鱼较量彰显出来的勇气、与鲨鱼搏斗体现出来的打不败的尊严都寓意深远：

其一，它是海明威本人的主体英雄意识的文本概括。在《老人与海》中，海明威崇尚的男性气概和现代散文叙事技艺近乎完美地融合在一个硬汉英雄的寓言故事中。老迈的桑提亚哥仍然是一个拥有内在骄傲和尊严的冠军，海明威则在连续十几年写不出成功作品的困境中，也以高度的叙事技艺精心打造出自己的冠军之作。伯吉斯在《现代小说佳作99种提要》中对它给予高度评价：“作为一篇干净利落的‘陈述性’散文，它在海明威的全部作品中都是无与伦比的。每一个词都有它的作用，没有一个词是多余的。”②

其二，桑提亚哥与大鱼较量、与鲨鱼搏斗时表现出来的英雄主义精神与20世纪50年代美国主流社会的价值观是契合的。第二次世界大战结束后，在美国的教育领域，国家的需要、实力取代了20世纪20年代杜威所强调的个人需要、个体素质，成为基本的教育评价标准。国家主义、爱国主义教育十分兴盛。“教育活动对于政治和军事所做的直接的和潜在的贡献，成为衡量这种教育活动是否值得进行、是否有效的标准。”③ 在此背景下，按照国家强盛的需

① 董衡巽编选：《海明威谈创作》，生活·读书·新知三联书店1985年版，第145页。

② ［英］康诺利、伯吉斯著，李文俊等译：《现代主义代表作100种·现代小说佳作99种提要》，漓江出版社1988年版，第145页。

③ 鲁洁、王逢贤主编：《德育新论》，江苏教育出版社2000年版，第598页。

要，学校里培养的是有理性知识、有技能的国家精英，或者说在各个行当里打造成功的英雄人物。正是在此意义上，在国际舞台上为美国而战的麦克阿瑟将军，在国内的日常生活中为维护社会秩序和正义而战的凯恩，在茫茫大海上为捕获大鱼而战的桑提亚哥，都是美国大众心目中的英雄。

其三，桑提亚哥的英雄主义气概凝结着西方文明观念中人类征服自然的人本主义精神。小说开篇的描写就将桑提亚哥的捕鱼之战带入一个人与自然斗争的寓言场景："他是个独自在湾流中一条小船上钓鱼的老人，至今已去了八十四天，一条鱼也没逮住。"在这样一个场景下展开的对桑提亚哥与马林鱼较量、与大鲨鱼搏斗的文学叙事，仿佛将读者带回到了奥德修斯与大自然斗争的荷马时代。从荷马时代到20世纪中期，西方文明从原始的部落群居生活，到物质文明高度发达的后工业社会都市生活，贯穿这一历史发展进程的主旋律就是西方人征服自然、控制自然、改造自然，在天地之间建构人类的大写形象的辉煌乐章。因此，笔者认为，大写的桑提亚哥与大写的海明威、大写的美国人、大写的人类在精神上是同构的，是在西方人的集体无意识和20世纪50年代美国的意识形态共同作用下打造出来的英雄主义神话。

值得注意的是，桑提亚哥的捕鱼故事一方面在象征和寓言的层面上打造出海明威、美国人、西方人头罩英雄主义光晕的大写形象，与此同时，它在现实层面上也透视出海明威的心理结构、美国的社会价值系统、西方人的人文价值观念中所包孕的深层冲突和困惑。

第一，在海明威的心理结构中，他崇尚的男性气概与现代都市生活、他本人的身体创伤、年迈体衰之间的裂隙越来越大，他追求的集勇气和现代叙事技艺为一体的文学风格与第二次世界大战后美国社会中与日俱增的物质主义、工具理性意识之间的距离越来越大，越来越不适应消费、娱乐的大众文化要求。正是在此意义上，在《老人与海》的文本构成中，20 世纪 50 年代美国现实社会中具体的政治斗争实践和日常生活实践都是缺席的。这种文本构成与具体的现实社会实践的分离表明，海明威以男性气概为特质的文学话语，无力把握战后复杂的美国社会现实生活的内容，他只能借助一个远离一切具体的现实语境的寓言故事，来表达他的个人理想和审美召唤。当海明威摆脱掉一切具体的、复杂的现实因素的困扰，专注于打磨、锤炼一个个奋斗的寓言故事时，他那简洁的、含蓄的现代叙事技巧得以集中地、近乎完美地发挥出来。这就像是美国英雄麦克阿瑟告别政坛时的精彩演讲，令人感动到极致，但是老兵必须隐退，历史无法挽留。因此，《哥伦比亚美国文学史》称“《老人与海》是一部充满感伤情绪的神话”①。

第二，从表面看，20 世纪 50 年代美国的社会现实在《老人与海》的文本中是缺席的，美国社会价值系统内部的矛盾冲突却构成了一个隐藏在海平面下的潜文本。如同马歇雷指出的：“作品不是自足的，而是必须由某种缺失相伴，否则就不可能存在。要了解一部作品，就必须把这种缺失考虑在内。”“探问每一件产品的缄默的含义和没有说出来的意思，似乎不仅有用，而且十分必要。在说出的意思周围或后面，总是有隐含的意义。为了说出一些意义，必须不说出另外一些意义。”② 在此意义上，笔者认为，在《老人与海》

① ［美］埃默里·埃利奥特主编，朱通伯等译：《哥伦比亚美国文学史》，四川辞书出版社 1994 年版，第 951 页。

② ［英］拉曼·塞尔登编，刘象愚、陈永国等译：《文学批评理论——从柏拉图到现在》，北京大学出版社 2000 年版，第 501 页。

的潜文本中隐含的矛盾冲突内容包括：其一，工具理性的膨胀和人与人关系的异化。第二次世界大战结束后，美国社会进入以物化文明的高度发达为标志的后工业化时代。在强大、富足、安定的美国享受高消费的生活成为美国大众向往的美国梦。在富足、享乐的美国梦牵引下，个体不择手段地追求与财富同在的成功，由此导致工具理性膨胀，人与人的关系被异化为一种没有温情的利益关系。在《老人与海》这一文本中，桑提亚哥与孩子之间相互体恤的温情描写固然感人，但是，在桑提亚哥与大鱼较量、与鲨鱼搏斗的过程中，他多次想到孩子，呼唤孩子时，孩子不在场。老人对孩子的呼唤与孩子的不在场，揭示出现实社会中爱的温情的缺失与现代人的孤独。

其二，面对现代女性时的男性主体意识的焦虑。男性主体意识的焦虑潜伏在海明威的大多数白人男性主人公的心理结构中，并伴随着不同程度的对女性的文本骚扰或厌女症倾向。在《老人与海》中，海明威将桑提亚哥塑造成一个没有女人相伴的硬汉子。他在现实生活中不再与女人共处，在睡梦中也不再梦见女人，但是，女性的缺席，恰恰显示出女性力量的强大，以及其对男性主体意识的威胁。海明威在描写海洋时，将男人对海洋的认识与女性联系起来。他说，有的渔夫将海洋当作男性，当作一个竞争对手或一个去处，甚至当作一个敌人；桑提亚哥则总是将海洋当作女性，“她给人或者不愿给人莫大的恩惠，如果她干出了任性或缺德的事儿来，那是因为她由不得自己。月亮对她起着影响，如同对一个女人那样，他想”①。在这段描写海洋个性的文字中，隐藏着一个复杂的女性形

① ［美］海明威著，吴劳译：《春潮·老人与海》，上海译文出版社 2000 年版，第 158 页。

象。当她是一个具有主体意识和主体性力量的独立个体时，她就是一个对男性的主体意识构成威胁的竞争对手，甚至是敌人。20 世纪 50 年代的美国，正处于 20 世纪 60 年代第二次妇女解放运动高潮到来之前的时期。此时，妇女的就业人数大幅度上升。不仅是劳动家庭里的妇女普遍就业，就连中产阶级家庭的女性也纷纷就业。据有关数据统计，美国妇女在全美就业率中的比例由 1950 年的 17% 增加到 1960 年的 30%。[①] 在知识女性从事的职业中，教师职业，尤其是中小学教师职业成为大多数人的选择，而这也是社会较早向女性开放的职业。女性职业分布的这一特点，使得中产阶级白人男性将对共产主义的恐惧与职业女性联系起来。王恩铭在《20 世纪美国妇女研究》一书中指出："二战后出现在美国的麦卡锡主义在对进步思想或所谓的'颠覆分子'进攻、诋毁时，常常带有明显的性别标记（sexual overtones），对美国女性施放冷箭。在麦卡锡之流对全球两大阵营对峙所表述的忧心忡忡的言论中，时常夹杂着对改变女性社会地位和改变两性交往准则（sexual norms）的担心。"[②] 麦卡锡主义之所以将对共产主义的恐惧和对职业女性的恐惧联系在一起，就因为大多数知识女性所从事的是教师职业。专门调查美国激进和进步组织及个人活动的"众议院非美活动委员会"曾向美国各界散发过一份传单，告诫美国人要警惕共产主义力量在中小学里寻求支持者的致命性危险。很显然，中小学里的大部分女教师是它所指涉的、对自由资本主义构成致命性威胁的因素。该传单还引用了哥伦比亚大学教授约翰·汉娜的话："女子学校和女子

① 王恩铭：《20 世纪美国妇女研究》，上海外语教育出版社 2002 年版，第 227 页。
② 王恩铭：《20 世纪美国妇女研究》，上海外语教育出版社 2002 年版，第 217 页。

学院里存在着一些对俄罗斯最忠诚的信徒。那里的女教师大多是些受过挫折的人，她们经过艰辛的搏斗才争取到了现在的位置。她们的政治信条是建立在仇恨基础之上的，她们的个人态度和观点往往就是这种政治信条的反映。”① 在《老人与海》的文本中，桑提亚哥所谓的那些在月亮的影响下，干出一些任性的、缺德的事儿来的女性，渔夫们所说的与他们竞争的女性敌人，很难说与20世纪50年代初期麦卡锡分子煽动的职业女性恐惧无关。当然，透过桑提亚哥对海洋品格的认识，我们看到海明威对女性的认识也已经呈现出复杂多样性的趋向。事实上，在20世纪50年代初丰裕的美国中产阶级社会中，除了令白人男性感到恐惧和焦虑的职业女性形象，主流文化极力塑造的女性形象还是依附于男性的市郊家庭主妇形象。2003年，好莱坞上映了一部题为《蒙娜丽莎的微笑》的电影。影片通过一位具有创新意识的艺术史女教师在保守的卫斯理女子学院里的生活经历，揭示出20世纪50年代初期美国中产阶级女性在包括两性关系在内的社会角色意识方面发生的微妙变化，以及中产阶级白人男性在面对女性角色变化时的复杂心理。但是，女性社会角色的这种复杂多样性的变化趋势是崇尚男性气概的海明威无法把握的。因此，在他创作于此时的《老人与海》文本中，就将女性设计成了一个硬汉子拼搏斗争过程中的不在场者。值得注意的是，在小说的结尾处，对整个文本构成中唯一的女性人物出场、说话的场景是这样叙述的：

那天下午，露台饭店来了一群旅客，有个女人朝下面的海水望去，看见在一些空啤酒听和死梭子鱼之间，有一条又粗又长的白色脊

---

① 王恩铭：《20世纪美国妇女研究》，上海外语教育出版社2002年版，第218页。

骨，一端有条巨大的尾巴，当东风在港外不断地掀起大浪的时候，这尾巴随着潮水起落、摇摆。

“那是什么?”她问一名侍者，指着那条大鱼的长长的脊骨，它如今不过是垃圾了，只等潮水来把它带走。

“Tiburon（西班牙语，鲨鱼），”侍者说。“Eshark（鲨鱼）。”他打算解释这事情的经过。

“我不知道鲨鱼有这样漂亮的尾巴，形状这样美观。”

“我也不知道。”她的男伴说。

在大路另一头老人的窝棚里，他又睡着了。他依旧脸朝下躺着，孩子坐在他身边，守着他。老人正梦见狮子。①

显而易见，在文本中出场的唯一女性见证的不是桑提亚哥捕鱼业绩的辉煌，而是他在现实中的失败。接下来，海明威就将叙事场景切换到女性不在场的大路的另一端。在女性不在场的场景中，桑提亚哥的男性气概再次出场，他在梦中又梦见了象征男性气概的狮子。尽管海明威将女性设计成桑提亚哥拼搏故事中的不在场者，但是在结尾处，女性在场与不在场之间的叙事场景切换，仍然透视出20世纪50年代初期白人中产阶级男性的主体意识焦虑。

第三，桑提亚哥的捕鱼故事透视出西方的人文价值观念在人与自然的关系问题上所包孕的深层伦理冲突和困惑。海德格尔认为，通观西方近代文明史，皆以人为中心。以人为核心的主体论哲学，导致人自以为是地居于主体位置，将世界上的一切存在之物变为自己的逻辑思维对象，甚至是征服和控制的东西，并以此来兑现自己的主体人文价值。这样一种主体价值论，实则是一种主体优先的伦

① ［美］海明威著，吴劳译：《春潮·老人与海》，上海译文出版社2000年版，第218～219页。

理观念。因此，海德格尔将这种主体论哲学界定为西方文明赖以发达和赖以遭殃的思想原罪。进入20世纪90年代以后，生态批评成为欧美学界的一门显学，众多人文学者对近代以来西方人文观念中的人类中心主义（Anti-anthropocentrism）思想进行了反思和批判。美国学者大卫·佩珀指出："人类中心主义：（1）一种把人类置于一切生物的中心的世界观——它被大多数西方人视为当然。（2）把人作为一切价值的来源，因为价值概念是人创造的（只有人能够把价值赋予自然其他部分）。人类中心主义与生态中心主义和生命伦理相对立。"① 由于人类中心主义坚持以人的需要和利益作为价值判断的尺度，因此，有学者指出："人类中心主义的伦理观至少带来了两方面的问题：（1）人类中心主义只承认人的内在价值，而不肯承认自然界其他物种或生态系统的同等特征及其相关权利，它实质上是一种物种间的利己主义；（2）人类中心主义是以对人类理性的绝对信任为前提的，但理性本身未必值得信赖。因此，在当代，人类中心主义常常被看成一种'有缺陷的伦理'观念。"② 以生态批评提供的反思视角来看，海明威在《老人与海》中已经触及了人类中心主义价值观念在伦理上的缺陷。

海明威对人类中心主义价值观念的伦理反思，渗透在桑提亚哥对自己与大马林鱼、人类与自然的关系叩问中。

> "这条鱼也是我的朋友，"他说出声来。"我从来没见过或听说过这样的鱼。不过我必须把它弄死。我很高兴，我们不必去弄死那些星星。"
>
> 想想看，如果人必须每天去弄死月亮，那该多糟，他想。月亮会

① 雷毅：《深层生态学思想研究》，清华大学出版社2001年版，第14页。
② 雷毅：《深层生态学思想研究》，清华大学出版社2001年版，第18～19页。

逃走的。不过想想看，如果人必须每天去弄死太阳，那又怎么样？我们总算生来是幸运的，他想。

于是他替这条没东西吃的大鱼感到伤心，但是要杀死它的决心绝对没有因为替它伤心而减弱。它能供多少人吃啊，他想。可是他们配吃它吗？不配，当然不配。凭它的举止风度和它的高度尊严来看，谁也不配吃它。

我弄不懂这些事儿，他想。可是我们不必去弄死太阳或月亮或星星，倒是好事。在海上过日子，弄死我们自己真正的兄弟，已经够我们受得了。①

这段文字表明，在与大马林鱼较量的过程中，一方面，桑提亚哥对自己作为渔夫的理性角色责任从未动摇过。他调动自己的体力、意志和智慧，力求征服大鱼、杀死大鱼，实证自己的男性气概，让大鱼知道他是个不寻常的老头。即使替大鱼感到伤心，他也不会因为自己的同情心而放弃自己作为渔夫的理性角色责任。另一方面，桑提亚哥又一再感叹大鱼生命的美，称鱼是他的兄弟，他的朋友，“凭它的举止风度和它的高度尊严来看，谁也不配吃它”。在这里，桑提亚哥的理性责任与他的伦理关怀构成了一个价值悖论：既然桑提亚哥与大鱼是朋友，是兄弟，大鱼拥有独立的生命品格和尊严，那么，生命的价值取向是鱼还是人呢？桑提亚哥叩问的结果是：“我不在乎谁害死谁。”这个结果从形而上的思辨意义上，似乎已经超出了人类中心主义的伦理片面性，因为在老人的答案中，大鱼与人的生存权利是平等的。但是，在形而下的实践中，人与鱼较量的结果仍然是有理性、智慧的人杀死了大鱼。面对这样一个结

---

① ［美］海明威著，吴劳译：《春潮·老人与海》，上海译文出版社 2000 年版，第 186 ~ 187 页。

果，我们不得不质疑桑提亚哥所坚守的理性责任背后的伦理价值体系的合理性。美国环境伦理学家诺顿区分了两种类型的人类中心主义，他指出："一种价值理论，如果一切价值仅以个体感性偏好的满足为参照，就是强人类中心主义的；如果一切价值以理性偏好的满足为参照，它就是弱人类中心主义的。感性偏好是指一个人可以感觉或体验到的欲望或需要；理性偏好则是指个人经过谨慎理智的思考以后所表达的欲望或需要，思考的目的是要判断这种欲望和需要能否得到一种合理的世界观的支持，而这种世界观是由一组可靠的科学理论、解释那些理论的形而上学，以及一整套合理的、起支撑作用的审美理念和道德理想构成。"① 据此看来，应该承认，与海明威早期作品中的个体自由主义伦理相比较，渗透在《老人与海》中的伦理意识已经拥有了一些他者关怀的因素。在出版于1932 年的《死在午后》中，海明威写道："关于道德问题，我只知道所谓道德的就是你事后感觉好的，所谓不道德的就是你事后感觉坏的。"② 在《老人与海》中，桑提亚哥的伦理关怀已经不再仅仅是一种属己的主体快乐感觉，而是陷入了一种由自我的主体价值和他者的生存权利之间的冲突导致的伦理困惑中。最终，他以自己作为一个渔夫的理性责任为依据，杀死了他称作兄弟的大鱼。以诺顿的观点来看，如果说海明威早期诉诸个人感觉的道德意识是强人类中心主义的，那么，在《老人与海》中，他的伦理关怀意识已经呈现出一种弱人类中心主义的伦理特征。具体表现为：其一，桑提亚

① 雷毅：《深层生态学思想研究》，清华大学出版社 2001 年版，第 19 页。

② ［美］海明威著，金绍禹译：《死在午后》，上海译文出版社 1999 年版，第 4 页。

哥已经开始与自然中的他者对话。他认为海洋有自己独立的生命品格，星星是他的朋友。其二，桑提亚哥已经开始质疑、反思人类对自然的无限度征服和掠夺行为的合理性。他对人类会弄死太阳、月亮和星星的忧虑已经透露出一种生态危机意识。桑提亚哥虽然选择坚守自己作为渔夫的角色责任，“到世界上没人去过的地方”去寻找大鱼，征服大鱼，但是在失去大鱼之后，他认为自己的好运之所以被冲掉，是因为自己出海太远了。在第二次世界大战结束后，东西方两大阵营都致力于富民强国的物质文明建设，人定胜天的壮志豪情正处在高涨时期，相比之下，桑提亚哥的这番自我反思应该说是具有前瞻意识的。

在《老人与海》问世10年以后，另一个美国人雷切尔·卡森出版了《寂静的春天》，在美国掀起了一场环境保护运动。但是，《寂静的春天》所包含的深层哲学内涵绝不限于人类的环境危机意识，而在于对人类近代以来征服自然的理性意识的合理性提出了质疑。该书的最后一段话寓意颇深：“‘控制自然’这一句习惯用语体现了人类妄自尊大的自我想象，它是生物学和哲学还处在原始阶段时的产物。”① 这句话表达了一种鲜明的反人类中心主义的立场，而卡森本人对西方现代世界的影响也不仅限于环保运动，更深刻的影响在于由其肇始的生态整体主义伦理思想。与卡森相较而言，虽然《老人与海》的文本中已经渗透着人与自然的对话意识、对西方人的自然观念合理性的反思意识，但是，海明威式英雄桑提亚哥并未放弃自己的主体优越感和主体价值，他在人和鱼之间的伦理困惑还仅仅是一个纠缠不清的价值悖论。也正是这种

---

① Rachel Carson: *Silent Spring*, Houghton Mifflin Company Boston, 1962, p. 297.

陷入悖论的伦理价值困惑给桑提亚哥的英雄主义神话涂抹了一层淡淡的忧伤和无奈。

三、大众文化视野中的海明威神话

显然，海明威是以文学精英的姿态介入文学写作活动中来的。在20世纪20年代，当海明威做出告别美国的商业文化、自我流放到巴黎寻求艺术拯救的选择时，他就已经将自己致力于造就的作家身份定位为超越庸俗的商业文化之上的文学精英了。经过15年时间锤炼、打造的英雄主义文本《老人与海》最终为他赢得了美国的普利策奖文学奖和诺贝尔文学奖。毫无疑问，这两个分别属于美国文学和世界文学的最高奖励是海明威在精英文学中的经典作家地位的最好证明，而海明威在授奖仪式上的书面发言更是表明了他的精英写作立场。他写道：

> 写作，在最成功的时候，是一种孤寂的生涯。作家的组织固然可以排遣他们的孤独，但是我怀疑它们未必能够促进作家的创作。一个在稠人广众之中成长起来的作家，自然可以免除孤苦寂寥之虑，但他的作品往往流于平庸。而一个在岑寂中独立工作的作家，假若他确实不同凡响，就必须天天面对永恒的东西，或者面对缺乏永恒的状况。
>
> 对于一个真正的作家来说，每一本书都应该成为他继续探索那些尚未到达的领域的一个新起点。他应该永远尝试去做那些从来没有人做过或者他人没有做成的事。这样他就有幸会获得成功。
>
> ……我们的前辈大师们留下了伟大的业绩，正因为如此，一个普通作家常被他们逼人的光辉驱赶到远离他可能到达的地方，陷入孤立

无助的境地。[1]

海明威的书面发言表明：其一，他理解的作家身份是超越大众之上的、孤独的文学英雄；其二，艺术的使命是探索未知领域，追求超验的拯救；其三，与自己之前的传统作家相比，海明威已经意识到，在现代社会，要想在精英艺术与大众艺术之间划定一条不可逾越的疆界已经越来越困难。

伊格尔顿在《马克思主义与文学批评》中指出："文学可以是一件人工产品，一种社会意识的产物，一种世界观；但同时也是一种制造业。书籍不只是有意义的结构，也是出版商为了利润销售市场的商品。"[2] 在此意义上，当海明威以不乏商业精明的市场前瞻眼光选择出版社、杂志社，并与之签订出版或刊载合同时，他就已经不再是高高在上的创造纯审美文本的精英艺术家，而是掉落到大众间，并与书商合谋的文化商品——文学文本的生产者。他生产的文本不仅是由大学、图书馆等主流文化机构收藏或供学者、受教育者批评、阅读、欣赏的精英文学文本，也是摆在图书交易市场上供大众选择购买的文化商品。在现代消费社会，对于每一个享有自主选择权的公民的文化产品购买、消费活动来说，与他们的消费需求和消费满足相关联的，既不是海明威的精英立场所赋予其文本的超验的拯救意义，也不是他独到精湛的现代散文叙事技艺，而是海明威文本与他们当下的日常生活经验的相关性。多年来一直致力于大众文化研究的费斯克指出，大众的文本辨识力与学院评价高雅文本

---

① ［美］海明威著，象愚译：《在诺贝尔文学奖金授奖仪式上的书面发言》，见董衡巽编选《海明威谈创作》，生活·读书·新知三联书店 1985 年版，第 25 ~ 26 页。

② ［英］伊格尔顿著，文宝译：《马克思主义与文学批评》，人民文学出版社 1980 年版，第 65 页。

时所持的批判的或审美的辨识力是截然不同的。“大众的辨识力所关注的是文本的功能性，而不是文本的特质，因为它所关注的是文本在日常生活中的使用潜力。”“大众的辨识力并不作用在文本之间或者文本内部的文本特质层面上，而是旨在识别和筛选文本与日常生活之间相关的切入点。”① 在此意义上，在冷战时代，在消费社会的大众文化视野中，海明威人如其书，是个勇敢的战士、优秀的猎人、钓鱼高手、拳击英雄、豪饮男儿、斗牛爱好者、文学冠军。他和他的小说人物一样，游走在不同的文化空间中，并在不同的竞技场上以不同的技艺，打造出了一个永远也打不败的个人神话，并得以将丰富多样的感性生命体验尽收其中。海明威制造的硬汉神话文本及其自我打造的个人生活传奇故事为后工业时代美国大众的都市怀旧、偶像崇拜、大众旅游、大众消费等文化消费活动提供了可以利用的文化资源。而正是大众的文化消费活动一面不断地复制和强化着海明威神话的魅力，同时又在不断地消解着海明威文学世界的精英深度和意义。

首先，海明威的硬汉神话既满足了美国大众失落在现代都市中的怀旧情感，同时又成为大众用来对抗现代社会的标准化、组织化、同一化的文化符码。

法兰克福学派的代表人物阿多诺认为，由于现代社会的组织化管理和资本主义意识形态长期推行的非个性化和同一性控制，大众已经变成了一种固定不变的单质的群体。费斯克不同意这种观点，他认为，大众并不是一个单质的群体，而是包含了各种由利益关

① ［美］约翰·费斯克著，王晓玨、宋伟杰译：《理解大众文化》，中央编译出版社 2001 年版，第 154，156 页。

系、政治立场和社会联系形成的群体，是一个复杂多元的组合。“尽管主导意识形态具有同质化力量，资本主义社会中的从属群体仍然保有相当多样的社会身份，而这要求资本主义生产与这些身份等量的不同声音。资本主义声音的多样性证明了从属阶级的相对不妥协性。”① 费斯克承认大众文化具有商品属性，但他也指出，大众文化商品不同于一般商品，它不仅在财经经济体制中流通，也在与之相平行的文化经济体制中流通。前者流通的是金钱，后者流通的是意义与快感。在文化经济体制中，大众利用大众文化产品提供的文化资源，在消费过程中生产出了自己需要的意义和快感。意义和快感的生产大致有两种方式，一是逃避，一是对抗。费斯克说：“逃避和对抗是相互联系的，二者互不可缺少。两者都包含着快感和意义的相互作用，逃避中快感多于意义，对抗中则意义较之快感更为重要。”② 费斯克的大众文化理论为我们理解大众文化视野中的海明威神话提供了理论分析的切入点。

对于美国大众而言，海明威首先是跟硬汉神话联系在一起的。在美国的前工业化时代，在开疆拓土的神话中，一个身强体壮、意志坚强、在恶劣环境中打造自我形象的硬汉向来是神话里的主角。在美国由农业社会向工业化、城市化的现代消费社会转型的现代化进程中，社会组织管理的同一性操控、工具理性对个体感性生命的抑制在现代人的心理世界滋生出一种普遍的现代性焦虑。在此背景下，海明威的硬汉神话既为美国大众的边疆怀旧情感提供了一个宣

① ［美］约翰·费斯克著，陈永国译：《大众经济》，见罗钢、刘象愚主编《文化研究读本》，中国社会科学出版社 2000 年版，第 228 页。

② 罗钢、刘象愚主编：《文化研究读本》前言，中国社会科学出版社 2000 年版，第 35 页。

泄空间，又为他们被抑制的主体自由和感性冲动提供了象征性的满足。相对于现代大众的怀旧情感而言，海明威人如其书，书如其人，是一个凭借男子汉的力量和技艺在美国主流社会之外的边缘或异域空间中打造硬汉传奇的英雄人物。对于生活在现代都市中的美国大众来说，在不断开拓的边远空间中凭借个人勇气和技艺创造主体价值，这已经是在现代都市中不能再现的、属于遥远的前工业化时代的神话传奇了。而在海明威的个人生活和边缘异域文学书写中，老一辈美国人的边疆怀旧情感得到了象征性的满足。但是，与此同时，蕴含在海明威文本中的传统与现代、主流与边缘之间的价值冲突和张力也被大众的怀旧想象屏蔽掉了；相对于现代大众被压抑的感性自由和冲动来说，海明威及其硬汉形象提供了一种丰富的、付诸行动的、自主的感性生活方式，为美国大众提供了可供利用的释放现代性焦虑的文化资源。海明威本人及其文本中的硬汉英雄那充满男性气概的阳刚体魄，为现代人在消费满足的都市生活中日益萎缩的感性生命注入了一些阳刚气质。海明威在边缘和异域空间中打造的个人神话，是对个人主义自由的张扬，大众从中生产出抵制主流意识形态控制的主体意义。海明威式英雄在压力下体现出来的那种打不败的尊严和优雅风度，则是处于被支配地位的大众抵制、消解社会组织操控，释放自我焦虑的有效方式。当他们将桑提亚哥的铮铮名言"人不是为失败而生的"，"一个人可以被毁灭，但不能给打败"铭刻在心头，粘贴在床头，他们从中获得的是一种不被规训的主体自由和力量。

其次，大众对海明威的接受与学院精英那种保持距离的审美批评截然不同，他们不关心海明威文本的审美特质、文本张力和终极意义召唤，而关心海明威的个人传奇及其文本在日常生活中的使用潜力。也就是说，在大众文化视野中的海明威，并不是一个生产文学文本的文学精英，而是他们可以在自己的日常消费生活中选择利用的文化资源库存。

海明威本人虽然选择在美国都市社会之外的边缘或异域空间中生活、写作，事实上，他的个人生活却与现代消费活动息息相关。作为一个行走在多元空间中的优秀猎人、钓鱼高手、拳击英雄、豪饮男儿、斗牛爱好者，海明威为大众提供了一种自由的、个性化的现代消费生活方式，而在这种现代消费生活中，感性生命的丰富多样性尽收其中。因此，对于美国的大众来说，海明威本人就是他们崇拜的个性化消费偶像。像海明威一样去饮酒、旅游、钓鱼、打猎、看斗牛，就可以获得一种自由、感性的生命意义。大众对海明威的偶像崇拜式接受，带动了大众传媒、酒吧老板、旅游公司的海明威神话复制产业，而海明威神话的商业复制产品又推动和操控着大众对海明威文化资源的消费行为，由此形成了美国大众文化结构中的海明威文化狂欢和海明威文化工业。

包括新闻报刊、好莱坞电影在内的大众传播媒介在海明威神话的复制和传播过程中扮演了重要角色。大众传媒一方面为海明威神话增光添彩，为大众文化视野中的海明威资源库提供更多可供大众选择消费的文化资源，与此同时，也在不断地消解着海明威文本与主流文化之间的意义冲突与审美张力，使其文本中蕴涵的诸如个人主义、消费文化、世俗道德等美国性特质更加发扬光大。例如，在20世纪30年代美国经济大萧条期间，海明威生活富足，到处打猎、钓鱼、冒险，文学创作却跌入低谷，因此遭到权威的文学评论家和左派的一致批评。但是，批评界的责难并没有影响大众对海明威的迷恋。20世纪30年代初，“爸爸”海明威的称号开始流传开来。

1934—1936 年间，海明威先后在一本男性杂志《老爷》上发表过 23 篇描写狩猎、捕鱼的文章。[①] 海明威此时出版的著作也多是以描写狩猎、钓鱼、斗牛、拳击等男性运动为主。海明威的旅游冒险行踪不断地出现在报纸杂志上，仅海明威与伊斯特曼的胸毛之战就被各大报刊打造出了“海明威如是说”“伊斯特曼如是说”“现场目睹者斯克里布纳出版社的主编帕金斯如是说”等不同版本。这一切，在媒体的传播和大众的想象中，将文学才能跌入低谷的作家替换成了与钓鱼、打猎、斗牛、旅游冒险联系在一起的“爸爸”海明威、硬汉海明威、大众偶像海明威。20 世纪 30 年代，在海明威居住的基韦斯特岛上，不断地有崇拜者参观旅游。

好莱坞的电影文化工业也参与了海明威神话的打造。在美国的经典作家中，海明威的作品被改编拍摄成电影的数量名列前茅。具体为：《永别了，武器》（1932）、《丧钟为谁而鸣》（1943）、《有钱人和没钱人》（1944）、《杀人者》（1946）、《麦康伯的家事》（1947）、《在我的兽皮下》（据《我的老人》改编，1950）、《破裂点》（据《有钱人和没钱人》改编，1950）、《乞力马扎罗的雪》（1952）、《太阳照常升起》（1957）、《永别了，武器》（1958）、《操纵武器者》（据《有钱人和没钱人》改编，1958）、《老人与海》（1958）、《海明威年轻时的冒险生涯》（据《尼克·亚当斯故事集》改编，1972）、《杀人者》（1964）、《岛在湾流中》（1977）。此外，海明威的传记还被改编成电视连续剧。如此之多的海明威电影，再加上大众崇拜的明星派克（在《乞力马扎罗的雪》中饰作家哈

① ［美］阿瑟·华尔多恩著，董衡巽译：《海明威的生平》，见董衡巽编选《海明威研究》，中国社会科学出版社 1980 年版，第 10 页。

利)、库珀(在《丧钟为谁而鸣》中饰乔丹)、苏珊·海华(在《乞力马扎罗的雪》中饰妻子)、英格丽·褒曼(在《丧钟为谁而鸣》中饰玛丽亚)等酷男靓女的出色表演，更是将海明威的神话演绎得淋漓尽致。面对这一切，我们很难说海明威个人的写作立场就是定位在始终面对孤独和永恒的文学精英处，而海明威对青年作家提出的远离好莱坞的谆谆告诫倒更像是一种维护自己的精英权威的叙事策略。

大众传媒对海明威神话的传播和复制，一方面强化了海明威在大众中的偶像魅力，另一方面又催生出更多的海明威消费文化产业。这种大众化接受倾向在海明威去世后越来越突出。如果说在大萧条时期和冷战时代，美国大众迷恋的是海明威式英雄的男性气概，那么，在冷战结束后的高福利、高消费的后工业化社会中，海明威迷们则更趋向于模仿海明威本人的个性化消费行为。与大众的接受趣味变化一致的是，批评界对海明威文本的研究兴趣也发生了相应的转移。20 世纪五六十年代，颂扬英雄主义的《老人与海》曾经是批评界的研究热点。据统计，仅 1967 年，《老人与海》就销售了 275000 本平装本。在法国、德国、意大利、日本，《老人与海》被选进了官方钦定的中学教材。然而，到了 20 世纪 80 年代，关于《老人与海》的评论文章 10 年内发表了不足 24 篇。与之受冷落的情况截然相反的是，同一时期关于《太阳照常升起》的文章却超过了 80 篇。[①] 笔者认为，大众对《太阳照常升起》中所描写的 20 世纪 20 年代青年人的个性化消费生活和个人主义道德

① Gerry Brenner, *The Old Man and the Sea: Story of a Common Man*, Twayne Publishers, 1991, p. 17.

的迷恋是促成这种接受趣味转换的主要诱因。对于迷恋海明威的大众来说，喝海明威小说里出现过的酒，或者光顾与海明威发生过联系的酒吧，模仿海明威及其小说人物的行为、穿着，就意味着一种与众不同的个性化生活。正是在此意义上，辞世后的海明威反倒成了众多旅店、酒吧、旅游公司招揽顾客的广告明星。即使与海明威的生活足迹和文本中的生活场景毫无关联，商家仍然可以打造出与海明威关系密切的广告，令海明威迷陡生向往之情。

芝加哥有一家名叫克拉奇的旅馆，坐落在狄尔朋公园路上。海明威当年曾在该旅馆对面留下过足迹。于是，与海明威昔日足迹之间的这点联系被克拉奇旅馆写进了广告：海明威，他喜欢我们的四邻。他就住在我们旅馆对面的四层楼上。现在这地方还保持老样子。希望你能追思他的文学创作而光临我们这家芝加哥的小旅馆。

比克拉奇旅馆的广告更有创意的是海明威迷熟知的“哈雷奖”，它是由美国的一批海明威迷设计的。这些海明威迷经常在洛杉矶的哈雷酒吧后室集会。后来，哈雷酒吧的老板在意大利佛罗伦萨开了一家分店。但是，分店生意冷淡。于是，这群海明威迷想到了设立海明威奖，以此来提高酒吧的知名度。在海明威出版于 1950 年的长篇小说《过河入林》中，男主人公坎特韦尔上校与他的干女儿雷娜塔伯爵经常光顾威尼斯的哈雷酒吧。在哈雷酒吧里，坎特韦尔上校陶醉在自己与干女儿之间浪漫里夹杂着暧昧的情感中，品味像雷娜塔年轻丰满的身体一样醇厚芳香的美酒。其后，模仿者根据小说里的情境杜撰了上校和侍者的一段对话：

上校在浴室时，侍者打（开）门进来了。

“女伯爵不在家，你也许在哈雷酒吧能见到她。”

“你在哈雷酒吧可以找到任何东西。”

“是的，我的上校，除了，也许，快活。”

“找见什么鬼也会找到快活的，”上校回答他，“要知道，快活是一个流动的节日。”

由于这一段对白提到“哈雷酒吧”，经常在哈雷酒吧聚会的海明威迷便献计把翡冷翠的“哈雷酒吧”与海明威联系在一起，设立一个“国际模仿海明威奖”，每年定期授奖。根据参赛的规则，应征的短文必须模仿海明威的笔调，而且要写出与“哈雷酒吧”有关的文字。获奖者的奖品是由“哈雷酒吧”提供的一张往返佛罗伦萨的飞机票和哈雷酒吧的一顿大餐。征文模仿赛进行了 11 年，共收到模仿海明威的文章 25000 篇，每年有应征文两千余篇。后来，因为审读成千上万的来稿实在花费时间，经办方哈雷酒吧就终止了模仿赛。哈雷酒吧征文模仿赛虽然终止了，但是，由商家和海明威迷共同制造的“哈雷酒吧”已经成为行销世界的大众文化品牌。

1999 年，在海明威诞辰 100 周年之际，美国举办了各种各样的纪念活动，内容包括：海明威基金会组织的国际学术研讨会议和以海明威的名义举办的写作班；大名鼎鼎的史密斯学会博物馆举办的题为“海明威：其人、作家与神话”的巡回展览；海明威狂欢节，期间有公牛赛，西班牙式食品、酒水和文艺演出活动；在基韦斯特海明威生前最喜欢的酒吧里举办的“海明威模仿秀”；在海明威故乡的各大饭店举办的以“流动的宴席”为名的食品品尝活动，等等。在这样热热闹闹的著名作家纪念活动中，对海明威的接受已经成了一个由学院精英、不同身份的公民个体汇成的大众、商业经营者共同参与制造的琳琅满目的文化大拼盘。对海明威的这种接受情况表明，在冷战时代结束后，前现代和现代的高雅文化或精英文化与大众文化之间的疆界已经越来越模糊。在大众文化的接受视野中，文学已经成为一场由所有的享有主体权利的公民共同营造的文本形式多元化、意义和快感多元化的流动的文化盛宴。

参考文献

一、海明威作品

中文部分

[1] [美] 海明威著，赵静男译：《太阳照常升起》，上海译文出版社 2000 年版。

[2] [美] 海明威著，汤永宽等译：《永别了，武器》，浙江文艺出版社 1992 年版。

[3] [美] 海明威著，金绍禹译：《死在午后》，上海译文出版社 1999 年版。

[4] [美] 海明威著，张建平译：《非洲的青山》，上海译文出版社 1999 年版。

[5] [美] 海明威著，鹿金译：《有钱人和没钱人》，上海译文出版社 1999 年版。

[6] [美] 海明威著，冯亦代、董衡巽译：《第五纵队·西班牙大地》，上海译文出版社 1999 年版。

[7]［美］海明威著，程中瑞译：《丧钟为谁而鸣》，上海译文出版社 1997 年版。

[8]［美］海明威著，王蕾译：《过河入林》，上海译文出版社 1999 年版。

[9]［美］海明威著，吴劳译：《春潮 · 老人与海》，上海译文出版社 2000 年版。

[10]［美］海明威著，董衡巽等译：《老人与海》，漓江出版社 1987 年版。

[11]［美］海明威著，主万译：《危险的夏天》，上海译文出版社 1999 年版。

[12]［美］海明威著，汤永宽译：《不固定的圣节》，上海译文出版社 1999 年版。

[13]［美］海明威著，蔡慧译：《岛在湾流中》，上海译文出版社 1999 年版。

[14]［美］海明威著，陈良廷等译：《短篇小说全集》上册，上海译文出版社 1999 年版。

[15]［美］海明威著，蔡慧、朱世达译：《短篇小说全集》下册，上海译文出版社 1999 年版。

[16]［美］海明威著，金雯、杨柯译：《曙光示真》，上海译文出版社 1999 年版。

英文部分

[1] Ernest Hemingway, *The Torrents of Spring*, New York: Charles Scribner's Sons, 1926.

[2] Ernest Hemingway, *The Sun Also Rises*, New York: Charles

Scribner's Sons, 1926.

[3] Ernest Hemingway, *Men Without Women*, New York: Charles Scribner's Sons, 1927.

[4] Ernest Hemingway, *A Farewell to Arms*, New York: Charles Scribner's Sons, 1929.

[5] Ernest Hemingway, *In Our Time*, New York: Charles Scribner's Sons, 1930.

[6] Ernest Hemingway, *Death in the Afternoon*, New York: Charles Scribner's Sons, 1932.

[7] Ernest Hemingway, *Winner Take Nothing*, New York: Charles Scribner's Sons, 1933.

[8] Ernest Hemingway, *Green Hills of Africa*, New York: Charles Scribner's Sons, 1935.

[9] Ernest Hemingway, *The Fifth Column and the Forty-Nine Stories*, New York: Charles Scribner's Sons, 1938.

[10] Ernest Hemingway, *For Whom the Bell Tolls*, New York: Charles Scribner's Sons, 1940.

[11] Ernest Hemingway, *Across the River and into the Trees*, New York: Charles Scribner's Sons, 1950.

[12] Ernest Hemingway, *The Old Man and the Sea*, New York: Charles Scribner's Sons, 1952.

[13] Ernest Hemingway, *A Moveable Feast*, New York: Charles Scribner's Sons, 1964.

[14] Ernest Hemingway, *Islands in the Stream*, New York: Charles Scribner's Sons, 1970.

[15] Ernest Hemingway, *The Dangerous Summer*, New York: Charles Scribner's Sons, 1985.

[16] Ernest Hemingway, *The Garden of Eden*, New York: Charles Scribner's Sons, 1986.

[17] Ernest Hemingway, *True at First Light*, New York: Charles Scribner's Sons, 1999.

二、海明威、美国文学与美国文化研究著作

[1]［美］安东尼·伯吉斯著，余光照译:《海明威》，百家出版社 2001 年版。

[2]［美］爱德华·C. 斯图尔特、密尔顿·J. 贝内特著，卫景宜译:《美国文化模式——跨文化视野中的分析》，百花文艺出版社 2000 年版。

[3]［美］A. E. 霍契勒著，蒋虹丁译:《爸爸海明威》，译林出版社 1999 年版。

[4]［美］埃默里·埃利奥特主编，朱通伯等译:《哥伦比亚美国文学史》，四川辞书出版社 1994 年版。

[5]［美］贝克著，林基海译:《迷惘者的一生——海明威传》（上、下），湖南文艺出版社 1987 年版。

[6] 程锡麟、王晓路著:《当代美国小说理论》，外语教学与研究出版社 2001 年版。

[7] 曹莉主编:《永远的乌托邦——西方文学名著导读》，清华大学出版社 2002 年版。

[8] 董衡巽编选:《海明威研究》，中国社会科学出版社 1980

年版。

［9］董衡巽主编：《美国文学简史（修订本）》，人民文学出版社 2003 年版。

［10］董衡巽编选：《海明威谈创作》，生活 · 读书 · 新知三联书店 1985 年版。

［11］董衡巽著：《美国现代小说风格》，中国社会科学出版社 1997 年版。

［12］［美］戴安娜 · 拉维奇编，林本椿、陈凯、林铮等译：《美国读本：感动过一个国家的文字》（上、下），生活 · 读书 · 新知三联书店 1995 年版。

［13］［美］菲茨杰拉德著，姚乃强译：《了不起的盖茨比》，人民文学出版社 2004 年版。

［14］顾宁：《美国文化与现代化》，辽海出版社 1999 年版。

［15］黄明哲等：《梦想与尘世——二十世纪美国文化》，东方出版社 1999 年版。

［16］［美］肯尼思 · S. 林恩著，任晓晋等译：《海明威》，中央编译出版社 1997 年版。

［17］［美］柯恩编，朱立民等译：《美国划时代作品评论集》，生活 · 读书 · 新知三联书店 1988 年版。

［18］［美］罗伯特 · E. 史彼勒著，王长荣译，聂振雄校订：《美国文学的周期》，上海外语教育出版社 1990 年版。

［19］［美］勒泽 · 泽夫著，夏平、嘉彤、董翔晓译，聂振雄校订：《一八九〇年代的美国——迷惘的一代人的岁月》，上海外语教育出版社 1988 年版。

［20］［美］罗德 · 霍顿、赫伯特 · 爱德华兹著，房炜、孟昭

庆译:《美国文学思想背景》, 人民文学出版社 1991 年版。

[21] [美] 理查德·佩尔斯著, 卢允中、严撷芸、吕佩英译, 卢允中校订:《激进的理想与美国之梦: 大萧条岁月中的文化和社会思想》, 上海外语教育出版社 1992 年版。

[22] 陆建德:《破碎思想体系的残编——英美文学与思想史论稿》, 北京大学出版社 2001 年版。

[23] [美] 路易斯·哈茨著, 张敏谦译, 金灿荣校:《美国的自由主义传统: 独立革命以来美国政治思想阐释》, 中国社会科学出版社 2003 年版。

[24] [美] 莫里斯·迪克斯坦著, 方晓光译:《伊甸园之门——六十年代美国文化》, 上海外语教育出版社 1985 年版。

[25] [美] 马尔科姆·考利著, 张承谟译:《流放者的归来——二十年代的文学流浪生涯》, 上海外语教育出版社 1996 年版。

[26] [美] 迈克尔·埃默里、埃德温·埃默里著, 展江、殷文主译:《美国新闻史: 大众传播媒介解释史》, 新华出版社 2001 年版。

[27] [美] 马克·赫兹加德著, 李建华译:《鹰的阴影——为什么美国既令人着迷又遭人痛恨》, 东方出版社 2004 年版。

[28] [美] 亨利·纳什·史密斯著, 薛蕃康、费翰章译, 薛蕃康校订:《处女地——作为象征与神话的美国西部》, 上海外语教育出版社 1991 年版。

[29] 齐小新:《美国文化研究导论》, 北京大学出版社 2001 年版。

[30] [美] R. D. 赫斯利普著, 王邦虎译:《美国人的道德教

育》，人民教育出版社 2003 年版。

［31］史志康主编：《美国文学背景概观》，上海外语教育出版社 1998 年版。

［32］《圣经》，中国基督教三自爱国运动委员会、中国基督教协会 2009 年版。

［33］王恩铭：《20 世纪美国妇女研究》，上海外语教育出版社 2002 年版。

［34］王诺：《欧美生态文学》，北京大学出版社 2003 年版。

［35］杨恒达：《海明威——创造“硬汉”的“上帝”》，长春出版社 1999 年版。

三、相关理论著作

中文部分

［1］［美］爱德华·W. 萨义德著，王宇根译：《东方学》，生活·读书·新知三联书店 1999 年版。

［2］［英］阿兰·斯威伍德著，冯建三译：《大众文化的神话》，生活·读书·新知三联书店 2003 年版。

［3］［法］阿尔贝特·史怀泽著，［德］汉斯·瓦尔特·贝尔编，陈泽环译：《敬畏生命》，上海社会科学院出版社 1995 年版。

［4］［英］保罗·约翰逊著，杨正润等译：《知识分子》，江苏人民出版社 2000 年版。

［5］［英］巴特·穆尔－吉尔伯特等编撰，杨乃乔、毛荣运、刘须明译，杨乃乔校：《后殖民批评》，北京大学出版社 2001 年版。

［6］［英］巴特·穆尔－吉尔伯特著，陈仲丹译：《后殖民理论——语境 实践 政治》，南京大学出版社 2001 年版。

［7］［德］本雅明著，王炳钧、杨劲译：《经验与贫乏》，百花文艺出版社 1999 年版。

［8］［英］多米尼克·斯特里纳蒂著，阎嘉译：《通俗文化理论导论》，商务印书馆 2001 年版。

［9］［美］戴安娜·克兰著，赵国新译：《文化生产：媒体与都市艺术》，译林出版社 2001 年版。

［10］［美］弗雷德里克·詹姆逊著，胡亚敏等译：《文化转向》，中国社会科学出版社 2000 年版。

［11］［美］弗雷德里克·詹姆逊，王逢振、陈永国译：《政治无意识——作为社会象征行为的叙事》，中国社会科学出版社 1999 年版。

［12］［英］弗朗西斯·马尔赫恩编，刘象愚、陈永国、马海良译：《当代马克思主义文学批评》，北京大学出版社 2002 年版。

［13］［美］葛尔·罗宾等著，李银河译：《酷儿理论》，文化艺术出版社 2003 年版。

［14］郭宏安等：《二十世纪西方文论研究》，中国社会科学出版社 1997 年版。

［15］扈海鹂：《解读大众文化——在社会学的视野中》，上海人民出版社 2003 年版。

［16］何怀宏主编：《生态伦理——精神资源与哲学基础》，河北大学出版社 2002 年版。

［17］［美］哈罗德·布鲁姆著，徐文博译：《影响的焦虑》，生活·读书·新知三联书店 1989 年版。

［18］姜哲军、刘峰等：《西方马克思主义艺术与美学理论批评》，社会科学文献出版社 2002 年版。

［19］蒋荣昌：《消费社会的文学文本——广义大众传媒时代的文学文本形态》，四川大学出版社 2004 年版。

［20］［英］拉曼·塞尔登编，刘象愚、陈永国等译：《文学批评理论——从柏拉图到现在》，北京大学出版社 2000 年版。

［21］雷毅：《深层生态学思想研究》，清华大学出版社 2001 年版。

［22］鲁洁、王逢贤主编：《德育新论》，江苏教育出版社 2000 年版。

［23］罗钢、刘象愚主编：《文化研究读本》，中国社会科学出版社 2000 年版。

［24］陆扬、王毅选编：《大众文化研究》，上海三联书店 2001 年版。

［25］［英］迈克·费瑟斯通，刘精明译：《消费文化与后现代主义》，译林出版社 2000 年版。

［26］［德］马克斯·韦伯著，于晓、陈维纲等译：《新教伦理与资本主义精神》，生活·读书·新知三联书店 1987 年版。

［27］［德］马克斯·霍克海默、西奥多·阿道尔诺著，渠敬东、曹卫东译：《启蒙辩证法——哲学断片》，上海人民出版社 2003 年版。

［28］［美］马泰·卡林内斯库著，顾爱彬、李瑞华译：《现代性的五副面孔》，商务印书馆 2002 年版。

［29］马新国主编：《西方文论史》，高等教育出版社 2002 年版。

[30]［英］齐格蒙特·鲍曼著，欧阳景根译：《流动的现代性》，上海三联书店2002年版。

[31]［法］让·波德里亚著，刘成富、全志钢译：《消费社会》，南京大学出版社2000年版。

[32]盛宁：《人文困惑与反思：西方后现代主义思潮批判》，生活·读书·新知三联书店1997年版。

[33]［德］瓦尔特·本雅明著，王才勇译：《机械复制时代的艺术作品》，中国城市出版社2002年版。

[34]［英］伊格尔顿著，文宝译：《马克思主义与文学批评》，人民文学出版社1980年版。

[35]［法］伊夫·瓦岱著，田庆生译：《文学与现代性》，北京大学出版社2001年版。

[36]［法］雅克·德里达著，张宁译：《书写与差异》，生活·读书·新知三联书店2001年版。

[37]［美］约翰·费斯克著，王晓珏、宋伟杰译：《理解大众文化》，中央编译出版社2001年版。

[38]张京媛主编：《当代女性主义文学批评》，北京大学出版社1992年版。

[39]周鸿编：《人类生态学》，高等教育出版社2001年版。

[40]张中载、王逢振、赵国新编：《二十世纪西方文论选读》，外语教学与研究出版社2002年版。

[41]周小仪：《唯美主义与消费文化》，北京大学出版社2002年版。

[42]张一兵：《无调式的辩证想象——阿多诺〈否定的辩证法〉的文本学解读》，生活·读书·新知三联书店2001年版。

［43］［美］詹姆逊著，王逢振主编：《詹姆逊文集　第3卷　文化研究和政治意识》，中国人民大学出版社2004年版。

［44］［美］詹姆逊著，王逢振主编：《詹姆逊文集　第1卷　新马克思主义》，中国人民大学出版社2004年版。

［45］［美］詹姆逊著，王逢振主编：《詹姆逊文集　第4卷　现代性、后现代性和全球化》，中国人民大学出版社2004年版。

英文部分

［1］Berman，Ronald，*Fitzgerald-Wilson-Hemingway：Language and Experience*，Tuscaloosa：University of Alabama Press，2003.

［2］Bloom，Harold（ed.），*Ernest Hemingway's the Sun Also Rises*，New York：Chelsea House Publishers，1987.

［3］Brenner，Gerry，*The Old Man and the Sea：Story of a Common Man*，New York：Twayne Publishers，1991.

［4］Cain，William E.，*Literary Criticism and Cultural Theory*，New York & London：Routledge，2002.

［5］Comley，Nancy R. and Scholes，Robert，*Hemingway's Genders：Rereading the Hemingway Text*，New Haven：Yale University Press，1994.

［6］Donaldson，Scott（ed.），*Ernest Hemingway*，上海外语教育出版社2000年版。

［7］Ernest，Hemingway，*Fiesta：The Sun Also Rises*，London：Arrow Books，1994.

［8］Ernest，Hemingway，*The Snows of Kilimanjaro*，London：Arrow Books，1994.

[9] Ernest, Hemingway, *For Whom the Bell Tolls*, London: Arrow Books, 1994.

[10] Ernest, Hemingway, *The First Forty-Nine Stories*, London: Arrow Books, 1993.

[11] Ernest, Hemingway, *A Moveable Feast*, London: Arrow Books, 1996.

[12] Fleming, Robert, *The Face in the Mirror: Hemingway's Writers*, Tuscaloosa and London: The University of Alabama Press, 1994.

[13] Fleming, Robert (ed.), *Hemingway and the Natural World*, Moscow, Idaho: University of Idaho Press, 1999.

[14] Gajdusek, Robert, *Hemingway in His Own Country*, Notre Dame, Indiana: University of Notre Dame Press, 2002.

[15] Gerald, Kennedy and Jackson, Bryer (eds.), *French Connections: Hemingway and Fitzgerald Abroad*, New York: St. Martin's Press, 1998.

[16] Glotfelty, Cheryll and Fromm, Harold (eds.), *The Ecocriticism Reader: Landmarks in Literary Ecology*, Athens, Georgia: The University of Georgia Press, 1996.

[17] Lawrence, Frank M., *Hemingway and the Movies*, Jacson: University of Mississippi, 1981.

[18] Marc, Dolan, *Modern Lives: A Cultural Re-reading of "the Lost Generation"*, West Lafayette, Indiana: Purdue University Press, 1996.

[19] Meyers, Jeffrey (ed.), *Hemingway, the Critical Heritage*, Boston: Routledge & Kegan Paul Ltd, 1982.

[20] Moddelmog, Debra A., *Reading Desire: in Pursuit of Ernest Hemingway*, Ithaca and London: Cornell University Press, 1999.

[21] Nagel, James (ed.), *Critical Essays on Ernest Hemingway's the Sun Also Rises*, New York: G. K. Hall; London: Prentice Hall International, 1995.

[22] Reynolds, Michael S., *The Sun Also Rises: A Novel of the Twenties*, Boston: Twayne Publishers, 1988.

[23] Storey, John, *Cultural Theory and Popular Culture*, London: Prentice Hall, 1998.

[24] Wagner-Martin, Linda, *Ernest Hemingway's the Sun Also Rises*, New York: Oxford University Press, 2002.

附录　海明威年表*

1899 年　7 月 21 日生于伊利诺伊州芝加哥郊区橡树园，取名厄内斯特· 密勒 · 海明威。父亲克拉伦斯 · 艾 · 海明威是一位医生，母亲格瑞丝 · 霍 · 海明威爱好音乐绘画，他们有六个子女，厄内斯特 · 海明威排行第二，却是长子。

1909 年　海明威生日，父亲赠以猎枪。

1913 年　进橡树园中学。在校中编辑校刊，参加游泳等体育活动。

1917 年　中学毕业，原拟从军，参加第一次世界大战，因眼疾作罢；任堪萨斯市《星报》见习记者。

1918 年　辞去《星报》职务，应征为红十字会会员，赴意大利前线。7 月 8 日晚在意大利北部战场负重伤，进米兰医院治疗三个月。

1920—1924 年　先后任多伦多《星报》和《星报周刊》记者和驻欧记者。

1921 年　与哈德莉 · 理查逊结婚；12 月赴欧洲。

---

* 董衡巽编译：《老人与海 · 附录》，见［美］海明威著，董衡巽等译《老人与海》，漓江出版社 1987 年版，第 409 ~414 页。个别条目由笔者添加。

1922 年　该年起，在巴黎一面当记者一面学习写作，与侨居巴黎的美国女作家葛·斯泰因、诗人依·庞德结识。报道希土战争和洛桑和平会议消息。

1923 年　在巴黎发表《三篇故事与十首诗》。

1924 年　巴黎版《在我们的时代里》（速写集）出版。旅行西班牙到潘普罗纳看斗牛。

1925 年　短篇小说集《在我们的时代里》在美国出版，包括 15 个短篇（《大双心河》一分为二，作者算它两篇）：

《印第安人营地》
《医生与医生太太》
《一件事情的了结》
《三天大风》
《拳击家》
《一篇非常短的故事》
《士兵之家》
《革命者》
《艾略特夫妇》
《雨中的猫》
《不合时令》
《越过雪原》
《我的老头子》
《大双心河》（一）
《大双心河》（二）

这本集子里，每篇小说之间都插了一篇速写短文，共 16 篇。短文无题，叙述故事但与小说无关。为什么采取“插叙”的形式？

海明威在致批评家埃德蒙·威尔逊的信中解释说:“每篇插入一段文字,是便于细读时有一个整体印象”,“或者说,叫你先看看,然后进去,生活在其中——接着走出来,再回头看看”。

1926 年　发表取笑舍伍德·安德森的楷模小说《春潮》。被誉为“迷惘的一代”代表作的《太阳照常升起》出版。

1927 年　与第一个妻子离婚,同记者波琳·帕发弗结婚。

短篇小说集《没有女人的男人》出版,包括 14 篇:

《不被打败的人》

《在异乡》

《白象似的群山》

《杀人者》

《祖国告诉你什么?》

《五万元》

《一句简单的问话》

《十个印第安人》

《给她买了一只金丝雀》

《阿尔卑斯山牧歌》

《一场追逐赛》

《今天是星期五》

《平凡的故事》

《我躺下》

1928—1938 年　1928 年返美,十年间多数时间居住在佛罗里达州的基维斯岛。

1928 年　父亲克拉伦斯·艾·海明威用枪自杀。

1929 年　长篇小说《永别了,武器》出版。

1931 年　去西班牙旅游。

1932 年　出版关于西班牙斗牛的专著《死在午后》。

1933 年　短篇小说集《胜者无所得》出版。年底去非洲狩猎。《胜者无所得》包括 14 个短篇：

《风暴过后》

《一个干净明亮的地方》

《世上的光》

《上帝愿你们快活，先生们》

《海的变幻》

《你们决不会这样》

《最佳者的母亲》

《一个读者写信》

《向瑞士致敬》

《等了一天》

《死者的自然史》

《怀俄明葡萄酒》

《赌徒、修女和收音机》

《两代父子》

1934 年　去非洲旅游。

1935 年　描写非洲狩猎的《非洲的青山》出版。

1936 年　西班牙内战爆发，写文章，发表演说，为西班牙政府捐助资金。两篇重要的短篇小说《乞力马扎罗的雪》和《弗朗西斯·麦康伯短促的幸福生活》在杂志上发表。

1937 年　以北美报业联盟记者身份去西班牙采访；出席第二次美国作家大会，作题为《作家与战争》的演讲。出版长篇小说《有钱人和没钱人》。

1938 年　为纪录片《西班牙大地》编写脚本。发表《〈第五纵队〉与第一部四十九个短篇小说集》。《第五纵队》系描写西班牙内战的剧本。“第一部四十九个短篇小说集”除上面提到的所有短篇之外，还增加《世界之都》《桥边的老人》《在密执安北部》《在斯密耳纳码头上》等篇。前面附有海明威为该书写的短序。

1939 年　佛朗哥政府胜利，西班牙内战结束。第二次世界大战爆发。

1940 年　长篇小说《丧钟为谁而鸣》出版。与第二个妻子离婚，同作家玛瑟·盖尔荷恩结婚。

1941 年　与玛瑟来中国采访抗日战争。居住在古巴哈瓦那附近的了望农场。

1942 年　改装私人渔船“皮拉尔”号，搜索古巴近海德军潜艇；为描写历代战争的文学作品选《战争中的人们》写序。

1944 年　以《柯里厄》杂志特派记者身份去欧洲采访。在伦敦遭遇车祸，头部负伤。为解放巴黎与游击队一起收集情报。因有嫌违反战时记者不得参与战斗的规定接受审查。

1945 年　第二次世界大战结束。回古巴。同玛瑟· 盖尔荷恩离婚。

1946 年　与玛丽·威尔什（《时代》杂志伦敦分社工作人员）结婚。

1947 年　因战时报道的功绩获铜奖。

1949 年　旅居意大利时枪伤眼部。

1950 年　发表长篇小说《过河入林》。

1952 年　中篇小说《老人与海》在《生活》杂志发表，同年出单行本。

1953 年 《老人与海》得普利策奖。去西班牙、非洲旅游。

1954 年 在非洲飞机失事，头部又受重伤。得诺贝尔文学奖。

1959 年 去西班牙看斗牛。

1960 年 迁居爱达荷州。《生活》杂志连载发表以斗牛为题材的《危险的夏天》，作者去世后，该书于 1985 年由斯克里布纳出版社出版。病重住院。

1961 年 出院。7 月 2 日在家中自杀。

1964 年 海明威妻子玛丽发表他关于 20 世纪 20 年代巴黎生活的回忆录《不固定的圣节》（又译《流动的宴会》）。

1967 年 经威廉姆·怀特整理的《海明威四十年报刊文选》出版。

1969 年 海明威生前正式认定的传记作者卡洛斯·贝克教授发表《海明威的生平故事》。

1970 年 海明威妻子与出版者整理发表大约与《老人与海》同时写的长篇小说《湾流中的岛屿》

1972 年 《尼克·亚当斯故事集》出版，收集以尼克为主人公的短篇小说 24 篇，其中未发表过的 8 篇：

《三声枪响》

《印第安人搬走了》

《最后一方净土》（没有写完）

《过密西西比河》

《登陆前夕》

《夏天的人们》

《结婚之日》

《写作》

1981 年　经贝克选编、整理的《海明威书简》出版，收集 1917 年至 1961 年间海明威书信近六百封。

1986 年　长篇小说《伊甸园》（1946 年写）出版。

1999 年　经帕特里克 · 海明威编辑整理的《曙光示真》出版。

后 记

这本书的写作缘由可追溯到 1993 年。那年，中美比较文化研究会第二届年会在山东大学召开，我向大会提交了一篇题为《“硬汉子”与“阿 Q”——两种生存方式的比较》的论文，也是我撰写的第一篇海明威研究文章，并由此踏上海明威与美国文化研究的探索旅程。在学术研究的旅途中，我有幸遇到了一位又一位于我有点化开启之恩的好老师：时任北京大学英语系系主任的胡家峦先生曾写信鼓励并指导我修改第一篇海明威研究论文，该文最终得以在《国外文学》1994 年第 1 期发表。先生的教诲之恩，至今铭记在心。在这本小书付印之际，惊闻先生今年 5 月 6 日过世，令我感伤嗟叹不已。先生之风，山高水长，是我永远的学习榜样。

2002 年，在做了十几年的高校教师后，我有幸再次以学生的身份走进北京师范大学的校门，师从刘象愚先生攻读博士研究生。在三年的学习生活中，刘先生于多方面给予我关心和指导，从英文综合水准的提高，到理论学养的充实，再到具体的学术研究规范训练，这一切，难以用有限的语言来表达。在写毕业论文的过程中，先生鼓励我继续从事海明威研究，并将研究视野拓展至美国文化的现代化历史进程，确定以“厄内斯特·海明威与现代性的悖论”为学位论文选题。从开始选题，到确立提纲，再到论文撰写，都伴随着刘先生悉心的指教，并且先生就具体观点多次予以点拨我，使我在写论文的过程中少走了很多弯路。从2005年毕业至今，不断修改完善论文，屡屡面对先生的教诲和期望，不敢稍有懈怠。

感谢母校的李正荣教授、吴泽霖教授、刘洪涛教授，社科院外文所的王逢振研究员、周发祥研究员、周启超研究员，中国人民大学的杨恒达教授，北京外国语大学的金莉教授，清华大学的罗钢教授，他们在我的论文开题报告会和论文答辩会上提出的中肯意见和建议使我深受启发，为我进一步修改完善论文指明了方向。感谢社科院的盛宁研究员、陆建德研究员，两位先生对我的海明威研究及教学工作给予了无私的帮助和具体指导，使我受益匪浅。感谢美国斯坦福大学比较文学系给我提供了访学机会，Russell Berman教授的“欧洲现代思想史”、Hayden White教授的“精神分析与新历史主义文学批评”等课程，有效地拓宽了我的学术研究领域。

感谢我的师兄马小朝教授、陈永国教授、曾艳兵教授、马海良教授，他们丰富深邃的思想和勤奋严谨的治学态度，是我自省进步的镜像。感谢我的师妹杨茜、郝琳，她们年轻、灵动的思维方式激活了我大脑中很多老化的皮层。感谢美国杜克大学的李慧娟同学、康奈尔大学的王安珂同学，她们花费了很多时间为我查找急需的图书资料，及时将相关图书和文章的PDF版发送给我。

本书部分章节曾经以论文的形式发表于国内重要的学术期刊，包括《外国文学评论》《外国文学研究》《国外文学》《山东师范大学学报（人文社会科学版）》《杭州师范大学学报（人文社会科学版）》等。

最后，感谢我的先生和儿子，他们的关爱和理解，是我从事学术研究的最大动力。

本书是山东省社会科学基金立项“海明威与现代性的悖论”的最终成果。感谢山东省一流学科山东师范大学文学院中国语言文学学科为本书出版提供资助。感谢齐鲁书社编辑邵明凡女士为本书付出的辛勤劳动，她的严谨和真诚令我备受感动。由于作者的能力和水平所限，书中难免谬误和缺憾，衷心期望得到专家和读者朋友的批评指正，以期在本书再版时修正完善。

于冬云

2019 年 5 月于济南历阳湖畔